KB193847

사건 파일 ❷
소원을 이뤄 주는 채팅방

위즈덤하우스

글 한주이 | 그림 고형주

등장인물

용감한 겁쟁이 ◆
겁이 많고 고집이 조금 센
평범한 초등학생.
또래에 비해 큰 키와
좋은 운동 신경을 가졌다.

◆ **선량한 괴물**
정직하고 선하며
심지가 곧은 어린 흡혈귀.
다른 존재의 꿈속으로
들어갈 수 있다.

인간
김태현

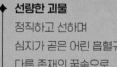

흡혈귀
제이

흡혈귀
리더

진실의 탐구자
흡혈귀 탐정 클럽의 리더.
상대방의 눈을 바라보면
최면을 걸 수 있다.

비뚤어진 낭만 예술가
청각이 뛰어나서
아주 작은 소리도 들을 수 있다.

흡혈귀
엔

흡혈귀
케이

반흡혈귀
이미나

마녀
은유

천진난만한 개코 막내
냄새로 상대방의
감정이나 인격을
파악할 수 있다.

괴력의 분위기 메이커
사람과 흡혈귀의 혼혈.
힘이 엄청나게 세다.

신비한 만능 조력자
미나의 사촌.
할머니와 어머니로부터
마법 능력을 물려받았다.

차례

프롤로그

노란 우비를 입은 아이는 삽을 들었다.

부슬비가 추적추적 내렸다. 푹! 빗물로 젖은 땅에 삽이 내리꽂혔다. 아이는 한쪽 다리로 중심을 잡고 양팔에 힘을 주어 흙을 퍼냈다. 장화를 신은 발치에 축축한 흙더미가 쌓이기 시작했다.

마침내 작은 구덩이가 생겼다. 아이는 삽질을 멈추고 숨을 몰아쉬었다. 학생들 사이에서 빠르게 퍼지던 소문이 다시 떠올랐다.

"너네 '소원을 이뤄 주는' 채팅방 알아?"
"그게 뭔데?"
"진짜 간절한 사람한테만 초대 링크가 오는 신기한 채팅방인데, 거기 입장해서 소원을 입력하면 이루어진대.”

"말도 안 돼!”

"맞아, 나도 들었어. 어떤 소원이든 세 개까지 꼭 들어준 다고…….”

아이는 한쪽 팔로 턱을 따라 흘러내리는 땀과 빗방울을 쓱 닦았다. 그리고 주머니에서 핸드폰을 꺼내 서둘러 메시지를 입력했다.

나

정말 이대로만 하면 그 애가 다시 돌아와?

채팅방에 ‘입력 중입니다’라는 문구가 떴다. 곧 새 메시지가 올라왔다.

낯선 상대

아직도 날 못 믿겠니?

넌 참 말을 잘 듣는 아이야. 내가 시키는 대로 다 했잖아.

이제 소원이 이루어질 차례란다.

소원을 빌 때는 조심해

"하, 넌 이제 끝이야!"

리더 누나가 날카로운 송곳니를 드러내며 외쳤다.

"큭······."

항복이다, 항복. 나는 손에 꼭 쥐고 있던 박쥐 카드를 뒤집어 내려놓았다. 방금 막 흡혈귀들의 전통 카드 게임인 '박쥐 잡기'에서 일곱 번째 졌다. 미나와 케이 역시 저마다 패를 공개하며 신나게 테이블을 두드렸다.

"태현이 형, 또 걸렸다!"

"아하하, 그러게!"

"말도 안 돼! 혹시 박쥐 카드만 골라 집도록 나한테 최면

건 거 아니에요?"

리더 누나는 큭큭 웃으며 내 앞에 놓인 운세 사탕과 지렁이 젤리, 금화 초콜릿을 전부 쓸어 갔다.

"최면보다 더 간단한 방법이 있지."

"네? 그게 뭔데요?"

"관찰. 넌 박쥐 카드를 잡을 때마다 미세하게 왼쪽 눈을 깜빡이거든."

이럴 수가! 옆에서 카드를 섞던 엔 형이 정색했다.

"김태현, 너 이 자식! 감히 증거도 없이 리더를 의심해?"

"아니, 좋은 자세야. 탐정이라면 끝없이 의심하고 질문해야지."

엔 형은 나를 흘겨봤지만 리더 누나 말에 토를 달지는 않았다. 미나가 재밌어 죽겠다는 듯 깔깔 웃음을 터트렸다.

"태현아, 근데 너 정말 거짓말 못 한다. 생각한 게 얼굴에 그대로 드러나잖아!"

나는 머쓱하게 머리를 긁적였다.

"그 정도야?"

혼자 저 멀리 떨어진 소파에 몸을 푹 파묻고 두꺼운 스케치북에 무언가를 휘갈기던 제이가 처음으로 한 마디를 얹었다.

"괜찮아. 솔직한 건 네 장점이야."

제이는 분홍색 지우개가 달린 노란 연필 끝을 턱 밑에 대고 살짝 두드리며 말했다.

"넌 가끔 고집을 부리고 자존심이 세긴 해도 무언가를 거짓으로 꾸며 내진 않잖아."

"그거 칭찬 맞지?"

나는 입을 비죽였고 제이는 말없이 웃었다. 밑천이 다 털린 나를 뺀 나머지 흡혈귀들이 다시 카드를 돌리기 시작했다. 나는 터덜터덜 제이 옆으로 가 풀썩 주저앉았다.

뭘 그렇게 열심히 하나 슬쩍 들여다보니 새하얀 종이 위에 우리의 모습을 옮기고 있었다. 생생한 표정과 섬세한 동작 묘사가 눈에 띄었다. 한눈에 알아볼 수 있을 정도로 우리와 똑 닮은 건 물론이고 정성스럽게 덧칠한 선에서 숨길 수 없는 애정이 묻어났다.

"우아……."

나도 모르게 감탄이 튀어나왔다. 제이한테 이런 재능이 있는 줄은 몰랐는데.

"굉장하다. 그림 그리는 게 취미였어?"

"취미라기보단 기록 같은 거야."

제이는 스케치북에서 눈을 떼지 않은 채 대답했다.

"기록?"

"응. 우리 흡혈귀는 사진에도 안 찍히잖아. 기억하고 싶은 순간을 간직하려면 그림으로 남기는 수밖에 없거든."

기억하고 싶은 순간이라. 그냥 평소와 다름없는 일상인데? 내 표정을 본 제이가 조용히 말했다. 사건을 해결하는 것도 중요한 일이지만 모두와 함께 웃는 평범한 날들도 소중하다고.

"그래도 탐정 클럽답게 좀 더 스릴 넘치는 사건을 해결하고 싶단 말이야."

나는 제이의 깡마른 어깨에 이마를 기대며 투덜거렸다. 망토 아래로 단단한 어깨뼈가 고스란히 느껴졌다.

평범하기 그지없는 일상을 보내던 내가 우여곡절 끝에 '흡혈귀 탐정 클럽'의 멤버가 된 지도 벌써 한 달. 별다른 사건도 없고, 새로운 의뢰도 들어오지 않았다. 우린 매일 밤 월식 초등학교 도서실에 있는 비밀 아지트에 둘러앉아 노닥거릴 뿐이었다. 이제 슬슬 좀이 쑤셨다.

"조만간 무슨 일이 생기지 않으려나? 사건을 해결하고 싶어."

"소원을 빌 때는 조심해."

제이는 늘 그렇듯이 잔소리를 했다. 진심을 담아 살짝 나무라듯이. 그리고 속삭였다.

"세상에 영원한 건 없으니까. 지금 이 순간도."

그때였다.

똑 똑 똑

아지트 문을 두드리는 소리가 울려 퍼졌다.

총소리라도 들은 것처럼 모두가 우뚝 멈췄다. 제이의 손

에서 스르륵 미끄러진 스케치북이 바닥에 떨어져 펼쳐지면서 안에 껴 있던 종이들이 사방으로 흩어졌다. 어? 그런데 그 안에는 탐정 클럽 멤버가 아닌, 처음 보는 아이의 그림이 가득했다. 머리를 깎고 환자복을 입은 아이였다. 제이는 황급히 스케치북과 쏟아진 종이들을 그러모았다.

주위를 둘러보니 왁자지껄 떠들던 다른 흡혈귀들도 역시 뻣뻣하게 굳은 채였다.

"혹시 누가 손님이라도 초대했어?"

리더 누나의 물음에 다들 고개를 저었다.

"그럼 비밀 아지트에 반갑지 않은 손님이 찾아왔단 말이군."

리더 누나가 얼어붙은 분위기를 풀어 보려는 듯 농담을 던졌다.

"솔직히 말하자면 반갑지 않은 손님은 태현이 한 명으로도 충분했는데."

"나조차도 다가오는 소리를 놓쳤어. 기척을 숨기는 데 능숙한 존재야."

엔 형이 평소보다 한층 더 창백한 얼굴로 조용히 말했다. 주의 깊게 킁킁거리던 케이도 덧붙였다.

"사람은 확실히 아냐."

"뭐?"

"평범한 사람한테선 이런 냄새 안 나. '우리랑 같은 쪽' 같아."

온몸에 소름이 쫙 돋았다. 미나가 살벌한 소리가 날 정도로 손가락을 꺾으며 모두의 앞을 가로막았다.

"걱정하지 마. 내가 있는 이상 너희들 털끝 하나도 못 건드릴 테니까!"

미나의 눈이 날카롭게 빛났다. 늘 장난스러웠는데, 이렇게 진지한 미나는 처음 봤다. 아무래도 정체불명의 손님을 때려눕힐 생각인 듯했다. 마른침을 꿀꺽 삼킨 케이가 불안한 표정으로 미나의 소맷자락을 잡아당겼다. 리더 누나도 힘이 들어간 미나의 어깨를 살며시 쥐었다.

"괜찮아. 갑자기 공격할 생각이었으면 굳이 노크를 안 했
겠지. 우리도 침착하자. 손님을 평생 문 앞에 세워 둘 수도
없잖아. 일단은 예의를 갖춰서 맞이하자고."

순간 대답을 재촉하듯 다시 한번 선명한 노크 소리가 들
려 왔다.

똑 똑

이번에는 '똑'과 '똑' 사이의 간격이 좀 더 짧았다. 나와 눈이 마주친 제이는 '그러게 내가 뭐랬어'라고 말하고 싶은듯 눈썹을 들어 올렸다. 리더 누나는 멤버들 한 명 한 명을 돌아봤고, 우리는 천천히 고개를 끄덕였다. 마침내 리더 누나가 조용히 말했다.

"들어오시죠."

끼이익…….

녹슨 경첩이 서로 맞물리는 소리와 함께 문이 천천히 열렸다.

2

수상한 의뢰인

열린 문밖에는 아무도 없었다.

서늘한 바람이 목덜미를 쓸고 지나갔다. 이곳은 벽 안쪽에 숨겨진 공간이라 바람이 불 리가 없는데. 다들 긴장을 놓지 않으면서도 어리둥절해하는 사이 등 뒤에서 낯선 목소리가 들려왔다.

"안녕."

우리는 동시에 고개를 휙 돌렸다. 몸집이 커다랗고 털이 새하얀 여우 한 마리가 아주 자연스럽게 소파에 앉아 있었다. 윤기가 흐르는 풍성한 꼬리가 하나, 둘, 셋…… 총 아홉 개나 됐다. 여우는 아무렇지도 않게 입을 열었다.

"너희가 소문으로만 듣던 탐정 클럽이구나."

새빨간 입속에 뾰족한 이빨이 빽빽하게 들어차 있었다. 여우에게 물려 와작와작 씹히면 뼈도 못 추릴 것 같았다. 나는 두려움으로 아득해지는 정신을 가까스로 추스르고 제이에게 속삭였다.

"리, 리더 누나는 상대방의 눈을 바라보면 최면을 걸 수 있잖아. 저 여, 여우한테 최면을 걸면 안 될까?"

제이는 이를 꽉 물며 고개를 저었다.

"리더 능력은 평범한 사람들한테만 통해. 같은 괴물끼리는 통하지 않아."

그때 리더 누나가 망토를 펄럭이며 아까 미나가 그랬듯이 모두의 앞을 가로막고 나섰다.

"처음 뵙겠습니다. 말씀대로, 저희가 바로 탐정 클럽입니다."

리더 누나는 한쪽 손을 왼쪽 가슴에 얹고 정중하게 인사를 했다. 하지만 살짝 숙였던 고개를 들어 올리며 내비친 표정은 절대 호락호락해 보이지 않았다.

"당신은 누군가요? 저희 비밀 아지트는 어떻게 알았죠?"

나는 제이의 망토 자락을 붙잡은 채 덜덜 떨면서 리더 누나와 여우를 번갈아 쳐다봤다. 여우가 천천히 대답했다.

"당연히 알지."

여우의 입꼬리가 씨익 말려 올라가면서 선홍빛 잇몸이 훤히 드러났다.

"내가 이 학교를 세웠으니까."

멤버들 사이에 술렁거림이 잔물결처럼 퍼졌다. 제이가 퍼뜩 무언가를 깨달은 듯 외쳤다.

"그런 얘기를 들은 적이 있어요. 월식초등학교의 설립자는 아주 오래도록 살아온 여우 요괴였다고……! 소문이 사실이었군요?"

"그래."

여우는 침착하게 일어나더니 그 자리에서 공중제비를 휙 돌았다.

갑자기 어디선가 거센 바람이 불어와서 눈을 뜰 수가 없었다. 바람이 아지트 안을 소용돌이처럼 휩쓸자, 종이와 잡동사니들이 날아다녔다. 그런데 누군가 손가락을 딱 튕기는 소리가 들리자마자 순식간에 소란이 가라앉았다. 날아올랐던 온갖 물건들이 차례차례 바닥에 투두둑 떨어졌다. 이게 어떻게 된 일이지? 나는 사방으로 뻗쳐 부스스 엉망이 된 머리를 털었다. 제일 먼저 눈에 들어온 것은…….

긴 한복 치마에서 삐져나온 아홉 개의 복슬복슬한 꼬리. 땋아 올린 흰 머리칼 사이로 솟은 여우 귀. 기품 넘치는 순

백색 한복을 차려입은 여자가 하얗게 센 속눈썹을 천천히 들어 올렸다.

나도 모르게 숨을 헉 들이켰다. 나는 이 얼굴을 잘 알고 있다. 내 말은, 이 사람을 아주 많이 봤다는 거다.

"교, 교장 선생님?"

"뭐라고?"

다른 흡혈귀들은 얼이 빠진 얼굴로 나와 교장 선생님을 번갈아 쳐다봤다. 반은 요괴, 반은 사람의 모습으로 변신한 교장 선생님이 어깨를 으쓱였다.

"맞아. 나란다. 평상시에는 평범한 사람처럼 둔갑하고 다니지만, 사실 이게 내 본모습이야."

순간 케이가 교장 선생님을 가리키며 소리를 질렀다.

"앗! 어디서 많이 봤다 했더니, 복도에 걸린 초상화 주인공 맞죠?"

아, 비밀 통로에 가득한 초상화들……. 그중 가장 커다란 액자! 나는 이제야 그림 속 인물이 어딘가 익숙하게 느껴졌던 이유를 깨달았다.

핏빛으로 새빨간 입술에 칠흑처럼 검은 한복을 입은 초상화 속 여자가 눈앞에 서 있는 교장 선생님과 겹쳐졌다. 교장 선생님은 머리가 하얗게 셌고 세월의 흐름과 함께 날

카로운 인상도 조금씩 깎여 나간 듯했다. 한결 부드러우면서도 단단한 분위기가 느껴졌다. 하지만 사소한 차이점을 걷어 내고 보면 분명 초상화 속 얼굴과 빈틈없이 딱 들어맞았다.

마침내 정체가 드러난 초상화의 주인공은 미소를 지으며 두 팔을 활짝 펼쳐 보였다.

"그래, 바로 나란다. 정확히 말하자면 내 젊은 시절이지만. 곁에 걸린 다른 이들은 이 학교를 세우는 데 도움을 준 초대 설립자들이란다. 정말이지 모두의 헌신적인 도움이 없었다면 결코 이루지 못할 꿈이었겠지."

"꿈이라고요?"

혼잣말처럼 흘린 물음에 교장 선생님이 가만히 고개를 끄덕였다.

"모두를 위한 학교를 세우는 꿈. 나는 요괴든 괴물이든 사람이든 공평하게 배울 수 있어야 한다고 생각했거든. 그래서 이 비밀 공간도 만들어 둔 거고. '특별한 학생'들이 일반인들의 눈을 피해 편히 쉴 수 있도록 말이야."

교장 선생님은 허공으로 눈길을 돌렸다.

"비록 시대가 변하고 우리 같은 존재들은 옛날이야기의 한 조각이 되면서 더는 어떤 요괴나 괴물도 우리 월식초등

학교를 찾지 않지만…….”

교장 선생님은 짧은 한숨을 내쉬었다.

“그러니 내가 얼마나 놀랐는지 짐작할 수 있겠니? 너희들이 밤마다 도서실에 있는 비밀 아지트에 들락거리기 시작했을 때 말이야.”

흡혈귀들이 움찔하는 기색이 떨리는 공기를 타고 피부로 느껴졌다. 리더 누나가 흘러내린 안경을 밀어 올리며 심각하게 물었다.

“그럼 이제 저희는 사유지를 불법 점거한 죄로 쫓겨나게 되나요?”

흡혈귀들이 이곳을 아지트로 삼은 건 아무도 찾지 않는 장소라고 생각했기 때문이다. 오래도록 누구의 발걸음도 닿지 않은 채 조용히 숨겨져 있었으니까.

그런데 지금 눈앞에 진짜 주인이 나타난 것이다. 설마, 교장 선생님이 그동안 비밀 공간을 허락도 없이 멋대로 사용한 책임을 묻는다면, 우린 전부 쫓겨나는 건가? 탐정 클럽은 뿔뿔이 흩어지는 거고? 안 돼!

나는 냅다 무릎을 꿇으면서 절박하게 외쳤다.

“안 돼요, 제가 뭐든지 할게요, 제발, 무슨 대가든 전부 치를 테니까 제발 탐정 클럽만은……!”

"잠깐, 잠깐만. 김태현 학생? 뭔가 단단히 오해하고 있는 모양인데, 너희들을 당장 여기서 쫓아낼 계획은 없으니 진정하고 일어서렴."

"네?"

교장 선생님이 손사래를 쳤다.

"먼지만 쌓여 가던 외로운 공간이 활기를 되찾았다면 오히려 기뻐할 일이지. 사실 예전부터 너희들과 말을 트려고 했는데 이래저래 바빠서 기회가 없었을 뿐이란다."

"정말요?"

미나와 케이가 입을 모아 외쳤다. 나는 가슴을 쓸어내렸다. 후유! 다행이다! 금방이라도 기절할 것처럼 보이던 엔형도 마침내 안도의 한숨을 내쉬었다. 목을 가다듬은 리더 누나가 물었다.

"그럼 여길 계속 저희 탐정 클럽 아지트로 사용해도 된다는 말씀인가요?"

"그런 셈이지. 단, 조건이 있어. 내 부탁을 하나 들어준다면 말이야."

교장 선생님이 흘러내린 앞머리 한 가닥을 검지로 쓸어 올리며 진지한 표정으로 말했다.

"사실 난 오늘 사건을 의뢰하러 왔거든."

소원을 이뤄 주는 채팅방

아무래도 계속 서서 할 얘기는 아닌 것 같다는 리더 누나의 말에 모두 테이블에 둘러앉았다.

엔 형은 여전히 마뜩잖다는 표정이면서도 리더 누나의 부탁을 거절할 수 없는 모양인지 곧바로 김이 피어오르는 따뜻한 홍차와 스콘을 내왔다. 차를 한 모금 마신 교장 선생님은 바로 본론으로 들어갔다.

"혹시 '소원을 이뤄 주는 채팅방'에 대해 들어 본 적 있니?"

혼란스러운 눈빛이 휙휙 오갔다. 표정을 보니 다들 처음 듣는 얘기인 듯했다. 케이가 순진한 말투로 물었다.

"그게 뭔데요?"

"요즘 우리 학교 학생들 사이에서 도는 유명한 소문이란다. 정말로 간절한 사람한테만 초대 링크가 오는 신기한 채팅방이래. 거기 입장해서 소원을 입력하면 정말로 이뤄진다고 하더구나. 그것도 세 개까지 말이야."

"네에?"

'무슨 자선 사업을 하는 램프의 요정도 아니고, 그게 말이 돼?' 하고 생각하는 순간, 갑자기 미나가 나를 콕 집어 지목했다.

"태현이 넌 들어 본 적 없어? 학생들 사이에서 유행하는 소문이라며."

"어? 아, 으응. 요샌 반 애들하고 얘기를 잘 안 해서……."

내 말에 제이가 눈살을 확 찌푸렸다.

"왜 그래, 친구들하고 무슨 일 있어?"

아무래도 야행성인 흡혈귀들과 어울리다 보니 낮에는 거의 조느라 바쁘고 수업이 끝난 뒤에는 곧장 뛰쳐나오기 일쑤였다. 그러고 보니 요즘 우리 반에서 인사하는 걸 빼고 세 마디 이상 주고받는 친구는 은유가 유일했다. 은유가 '마녀일' 때문에 수업을 빠지면 한 마디도 하지 않는 날도 있었다. 나는 대수롭지 않게 고개를 털었다.

"내 진짜 친구들은 너희들이니까 상관없어."

하지만 제이는 설명을 들은 뒤에도 여전히 찌푸린 표정이었다.

"그러면 안 돼. 넌 우리랑 달라. 평범한 인간다운 삶도 지켜야 한다고 말했잖아. 같은 반 친구들하고도 잘 어울리지 않으면……."

아우, 하여간 잔소리는! 왠지 선을 긋는 듯한 느낌이 들어 괜히 섭섭했다. 나는 황급히 제이의 말을 끊고 다시 교장 선생님에게 화제를 돌렸다.

"선생님, 그래서요? 그 소문 때문에 무슨 일이 생긴 거예요?"

"아직까진 별다른 일은 없었단다. 뜬구름 잡는 얘기만 무성할 뿐 실제로 그 채팅방에 들어갔다는 아이도 없고. 다만 이 소문이 더 깊은 사건과 관련됐을지도 모른다는 예감이 들어서 말이다."

교장 선생님은 잠깐 말을 멈췄다가 다시 이어 나갔다.

"고민 끝에 이 소문을 파헤쳐 줄 사람은 너희밖에 없다는 결론을 내렸어. 이미 내가 없는 사이 '거울 세계 실종 사건'을 훌륭하게 해결해 냈잖니."

엔 형은 차를 한 모금 홀짝이자마자 그대로 다시 캑캑거리면서 뱉어 냈다. 다른 흡혈귀들도 상당히 놀란 눈치였다.

"그, 그건 대체 어떻게……?"

내가 더듬거리며 묻자 교장 선생님이 작게 웃었다.

"태현 학생. 난 이 학교 안에서 일어나는 일이라면 뭐든지 알아. 학교 전체에 특별한 결계를 쳐 놨으니까."

다시 한번 조용한 웅성거림이 흡혈귀들 사이에 퍼졌다. 우리가 놀라리라는 사실을 예상했다는 듯 교장 선생님은 차분하게 설명했다.

"결계는 학생들을 보호하는 동시에 안에서 무언가 심상치 않은 일이 일어났을 때 경고하는 역할을 하지. 복도의 마룻바닥, 미술실의 초상화, 화단의 꽃들이 전부 내 눈이고 귀란다. 그런데 설마 잠시 자리를 비운 사이 거울 귀신이 결계를 깨고 아이들을 꾀어 낼 줄은……."

"아하! 그래서 거울 귀신이 갑자기 활동하기 시작했군요?"

리더 누나가 손가락을 딱 튕겼다.

"그 거울이 20년 전 학교에 기부됐다면 왜 그동안은 잠잠했는지 궁금했어요. 하지만 끝까지 이유를 알지 못했죠. 이제 의문이 하나 해결됐네요."

"맞아. 사악한 힘이 깃든 거울을 다른 데 보내는 것보단

차라리 내 곁에 두고 직접 지키는 게 낫다고 생각했거든."

교장 선생님은 하얀 속눈썹을 내리깔았다. 그리고 진심을 담아 고개를 꾸벅 숙였다.

"내가 학교에 없는 사이 결계가 부서진 걸 깨닫고 바로 달려왔지만 이미 모든 일이 끝난 뒤였지. 너희 탐정 클럽의 활약 덕분이야. 늦었지만 감사를 표하마."

리더 누나는 그래도 완벽하게 개운치는 않은 듯 턱을 손에 괴었다. 팔짱을 끼고 곰곰이 생각하던 제이가 물었다.

"그렇게 위험한 거울을 두고

왜 갑자기 자리를 비우셔야만 했죠?"

교장 선생님은 잠시 입을 꾹 다물고 찻잔 속에 비친 자신의 얼굴을 들여다보았다. 그리고 질문에 질문으로 답했다.

"불행 포식자에 대해 들어 본 적이 있니?"

이번에도 다들 고개를 저었다.

"말 그대로 인간의 불행을 먹고 살아 가는, 정체를 알 수 없는 존재란다."

엥? 뭐 그런 게 다 있담. 나는 살짝 얼이 빠져서 교장 선생님에게 되물었다.

"불행을 먹는다고요? 왜요?"

"불행을 먹으면 먹을수록 강해지니까. 타인의 절망과 고통을 자기 힘으로 삼는 거야. 그래서

약한 사람들에게 접근해 그들을 가장 나쁜 결말로 이끌지."

눈을 지그시 감은 교장 선생님이 말을 이었다. 이를 가만히 두고 볼 수는 없었다고. 20년 전, 인간과 공존하기를 선택한 다른 모든 괴물, 마녀, 요괴, 일명 '밤의 연대'가 힘을 합쳐 불행 포식자를 조각조각 나눠서 온 세상에 봉인했다고 했다. 돌이킬 수 없는 희생을 치러가면서.

"더 나은 미래를 위한 희생이었어."

목소리가 띄엄띄엄 끊겼다. 교장 선생님은 살짝 지쳐 보였다. 어? 잠깐. 불길함이 배 속을 살살 긁어 댔다.

"음, 저, 혹시나 해서 묻는 건데요, 그 봉인은 튼튼하게 잘 유지되고 있겠죠……?"

교장 선생님은 잠시 천장을 바라보다가 결국 솔직히 털어놓았다.

"아니."

케이는 입을 헙 틀어막았다. 미나가 곁에서 그런 케이를 안심시키려는 듯 얼른 어깨를 단단히 감쌌다. 리더 누나가 자리에서 벌떡 일어서는 바람에 테이블이 덜컹거렸다. 찻잔 안에서 붉은 찻물이 작은 파도를 일으켰다.

"뭐라고요?"

"내가 학교를 떠나 급히 자리를 비워야만 했던 이유란다.

안타깝게도 오랜 시간이 지나면서 봉인 중 몇 개가 점점 풀리고 있거든. 어쩔 수 없어. 세상에 영원한 건 없으니까."

제이가 다급히 물었다.

"그때 모였던 밤의 연대는요?"

"다들 늙었지. 이미 세상을 떠난 이들도 많아. 우리가 평범한 사람들보다야 오래 살지만 그렇다고 영원히 사는 건 아니잖니. 세월이 흐르면서 우리는 점점 약해졌는데, 불행 포식자는 이 순간만을 기다리고 있던 거야."

엔 형은 손톱을 잘근잘근 씹으며 중얼거렸다.

"거울 귀신이 결계를 깬 것도 단순한 우연은 아니었나 보죠?"

정말, 지나치게 타이밍이 좋았다. 아니면 지나치게 나쁘거나. 교장 선생님이 고개를 끄덕였다.

"그럴 테지. 분명 불행 포식자가 깨어난 영향을 받았을 거란다. 아직 봉인이 완전히 풀리지는 않았지만 일부분 새어 나온 불행 포식자의 힘이 세상을 조금씩 뒤흔들고 있다는 정보가 들어왔거든."

그렇다면 앞으로도 거울 세계 실종 사건처럼 현실과 환상의 경계가 무너지는 이상 현상은 계속 일어날 거라고 교장 선생님은 설명했다.

"난 소원을 이뤄 주는 채팅방에 대해 떠도는 소문 역시 불행 포식자의 부활과 관련이 있다고 생각해."

마침내 찻잔을 전부 비운 교장 선생님이 모두를 둘러보았다. 달그락, 하고 찻잔이 컵 받침에 부딪치는 소리가 유난히 크게 울리는 것 같았다.

"자, 정식으로 탐정 클럽에 의뢰할게. 다시 봉인을 복구할 방법을 찾는 동안 이 소문을 조사하고 채팅방의 실체를 파헤쳐 주겠니?"

리더 누나는 잠시 생각하더니 말했다.

"저희끼리 의논할 시간을 주세요."

우리는 서로의 어깨를 감싸고 둥글게 모였다. 리더 누나가 목소리를 낮춰 물었다.

"다들 어떻게 생각해?"

엔 형이 즉시 대답했다.

"난 네 뜻에 따를게. 우리의 리더니까."

미나도 속삭였다.

"리더, 우리는 언제나 진실과 정의를 추구했잖아. 그게 옳은 일이니까. 이번에도 늘 하던 대로 하자."

"나도 동의!"

케이가 씩씩하게 뜻을 밝혔다. 리더 누나가 다시 한번 확

인하듯 신중하게 물었다.

"정말 괜찮겠어? 어쩌면 지금까지와는 차원이 다른 위험이 우릴 기다리고 있을지도 몰라."

"괜찮아요."

제이가 조용히 말했다. 어느 때보다 더 불타오르는 듯한 제이의 눈동자와 시선을 마주쳤다. 나는 고개를 끄덕였다. 그리고 힘차게 외쳤다.

"괜찮아요, 우리가 함께라면!"

교장 선생님은 우리의 결연한 표정을 보더니 날카로운 이빨이 다 드러나도록 환한 미소를 지었다.

"결정한 모양이구나?"

리더 누나가 어깨를 으쓱이며 모두를 대표해 대답했다.

"네, 이렇게 좋은 아지트를 포기할 수는 없거든요."

사건의 시작

오늘도 아침부터 비가 퍼부었다. 때늦은 가을장마였다. 하필 이럴 때 우산을 깜빡하다니! 후드를 뒤집어쓰고 책가방으로 머리를 가린 채 후다닥 내달렸다. 그런데 몇몇 학생들이 교문 앞에 모여 웅성거리고 있었다.

"뭐지?"

고개를 쭉 빼고 확인하려고 했으나, 겹겹이 모여 있는 우산 때문에 아무리 까치발을 들어도 잘 안 보였다. 앞쪽에 있는 애들 사이에서 간간이 숨을 죽인 목소리가 흘러나왔다.

"어떡해."

"너무 끔찍하다."

"누가 이런 짓을······."

그때 1반 선생님과 경비 아저씨가 허겁지겁 달려왔다.

"이 녀석들! 거기서 뭐 해!"

빗줄기에 머리카락이 다 헝클어진 선생님은 우산을 땅에 팽개치다시피 내던졌다.

"얘들아, 비도 오는데 얼른 들어가야지."

"하지만 선생님, 저기에······."

"선생님이 보건실에 데리고 갈 테니까 다들 빨리 교실로 가렴."

마침내 앞을 가로막던 우산들이 뿔뿔이 흩어졌다. 경비 아저씨가 얼른 바닥에 있던 무언가를 겉옷으로 감싸 안고 재빨리 선생님과 함께 자리를 벗어났다. 조금 멀리서 서성이던 아이들도 수군거리며 하나둘씩 교실로 들어가기 시작했다.

그런데 노란 우비를 입은 아이 한 명만은 그 자리에 못 박힌 듯 떠나질 못했다. 우두커니 서서 고개를 푹 숙이고 있었다.

"저기, 혹시 무슨 일이 있었는지 알아?"

얼른 다가가서 살며시 물었는데, 우비를 입은 아이가 소스라치게 놀라며 두세 걸음 뒤로 물러났다.

"앗, 미안! 놀라게 하려던 건 아니었는데."

목선까지 내려온 단발이 조금씩 뻗친 여자애였다. 후드 아래로 드러난 얼굴은 유독 새파랬다. 비가 와서 날씨가 쌀쌀하긴 했지만, 단순히 추위 때문이라기엔 이상할 정도로 잔뜩 겁에 질린 것처럼 보였다.

"너 괜찮아?"

우비를 입은 아이는 대답 없이 주춤주춤 뒷걸음질을 쳤다. 그러고는 갑자기 입을 틀어막더니 빗속을 내달렸다.

"어, 잠깐만!"

선명한 노란색 우비가 등교하는 아이들 틈에 섞여 시야에서 사라졌다.

"이걸 떨어트리고 갔는데……. 이미 가 버렸네."

얼굴색이 별로 안 좋아 보였는데 괜찮을까? 나는 바닥에 흩어진 카드 지갑과 도서 대출증을 주워 들었다. 급히 뛰어 가는 바람에 주머니에서 떨어진 모양이다.

도서 대출증을 보니 같은 학년이었다.

'나중에 교내 분실물 센터에 가져다줘야겠다.'

카드 지갑을 챙긴 뒤에야 상황을 살펴볼 여유가 생겼다.

'헉!'

나도 모르게 숨을 들이 삼켰다. 콘크리트 바닥 위에는 희 미한 붉은 자국과 억지로 뽑은 듯한 털 뭉치가 남아 있었다. 무언가 여기서 심한 상처를 입은 흔적. 점점 씻기고 번져 하수구로 흘러가고 있었지만 추적추적 떨어지는 빗줄기도 이곳에서 벌어졌으리라고 짐작되는 끔찍한 일의 흔적을 전부 감추지는 못했다.

갑자기 머리 위로 후드득 떨어지던 빗방울이 그쳤다.

"또 일어났군. 이번이 벌써 세 번째야."

누군가 뒤에서 중얼거렸다. 화들짝 놀라 뒤를 돌아보니, 반가운 곱슬머리 마녀가 우산을 반쯤 기울여 씌워 주고 있었다.

"은유야!"

나는 쿵쾅대는 가슴을 간신히 쓸어내렸다.

"그게 무슨 소리야? 세 번째라니?"

"습격 사건. 마녀들의 소식통에 따르면 요 며칠 사이 길고양이 두 마리가 연달아 누군가에게 공격당한 채 발견됐대."

"뭐? 그럼, 여기서 다친 게……."

은유가 말없이 고개를 끄덕였다. 곧 조회가 시작될 터였다. 우리는 우산을 함께 쓰고 나란히 운동장을 가로질렀다. 나는 물기가 뚝뚝 떨어지는 머리를 털면서 조심스레 물었다.

"설마, 누가 일부러 거리의 고양이들을 해치고 다니는 걸까?"

은유의 미간에 깊은 주름이 생겼다.

"아마도."

짧게 대답한 은유가 덧붙였다.

"탐정 클럽에 의뢰하고 싶지만, 지금은 좀 바쁘겠지? 미나한테 들었거든. 교장 선생님이 심상치 않은 부탁을 했다며? 부디 무사히 해결하길 빌어."

"아냐, 두 사건을 동시에 맡지 말란 법도 없잖아."

나는 고개를 살짝 숙여 은유와 눈을 마주쳤다.

"내가 오늘 밤 회의 때 멤버들한테 말해 볼게."

그제야 은유의 표정이 한결 나아졌다.

"고마워. 그럼 정말 든든하지."

우리는 마침내 중앙 현관에 도착했다. 은유는 우산을 접어 물기를 털었다.

"마녀들 쪽도 계속 상황을 주시해야겠어. 사실 요샌 지혜의 집에 들르는 손님들 발걸음도 뚝 끊겼거든. 어쩌면 뒤숭숭한 동네 분위기를 눈치챘을지도 몰라."

순간 천둥과 번개가 하늘을 갈랐다. 나도 모르게 움찔거렸지만 은유는 꼼짝도 하지 않았다. 나른한 눈가에 전에 없던 긴장이 서렸다. 은유가 눈썹을 치켜올리고 나지막이 중얼거렸다.

"대체 만월시에 무슨 일이 일어나고 있는 걸까?"

끝나지 않은 악몽

그날 밤, 악몽을 꿨다. 노란 우비를 입은 아이와 형체를 제대로 알아볼 수 없는 괴물이 도시를 어슬렁거리는 꿈이 었다. 거대한 괴물은 거리에서 길 짐승들을 사냥하고 다녔 다. 무언가를 으적거리는 소리, 날카로운 비명이 밤공기를 타고 울려 퍼졌다. 누군가가 외쳤다.

"……괴로워!"

노란 우비를 입은 아이는 흐느끼고 있었다. 뭐라고 중얼 거렸는데 잘 들리지 않았다. 순간 붉게 빛나는 눈과 마주쳤 다. 괴물이 나를 발견했다. 그리고 이쪽으로 서서히 발걸 음을 뗐다. 나는 뒷걸음질을 쳤다. 괴물이 나를 향해 달려

온다! 도망치려고 했으나 이미 늦었다고 생각한 순간…….

어디선가 나타난 제이가 내 손을 탁 잡았다.

"제이?"

그리고 망토를 펄럭이며 우리 둘을 감쌌다.

"아아악! 으아악! 허, 헉!"

나는 소스라치게 놀라며 벌떡 몸을 일으켰다. 온몸이 식은땀에 푹 젖은 채였다. 백 미터 달리기라도 한 것처럼 숨이 가빴다. 사방이 어두컴컴했으나 다리 위를 덮은 푹신한 이불이 느껴졌다. 아, 여긴 내 방, 내 침대 위다.

"뭐야……. 꿈? 악몽인가?"

그때 바로 뒤에서 누군가의 옷깃이 바스락거리며 스치는 소리가 들려왔다. 나는 다시 한번 펄쩍 뛰어올랐다.

"으아아악!"

"쉿! 진정해, 나야 나."

누군가 황급히 책상에 놓인 전등을 켰다. 곧 어둠 속에 퍼지는 은은한 주홍빛과 함께 입술에 검지를 가져다 댄 제이의 모습이 드러났다. 열린 창문 사이로 달이 떠오른 밤하늘이 쏟아졌다. 커튼이 유령처럼 펄럭이고 서늘한 바람이 잠옷 사이를 파고들었다. 조금 전까지 비가 한바탕 쏟아진 듯 물기 어린 냄새가 훅 풍겼다.

아무래도 저번에 기절한 날 데려다준 것처럼 창문으로 슬쩍 들어온 모양이었다.

"……제이?"

나는 여전히 몽롱하게 물었다.

"무슨 일이야? 오늘은……. 아! 오늘 밤 탐정 클럽 회의가 있었지!"

"그래. 연락이 안 돼서 직접 데리러 왔는데 악몽에 시달리는 것 같더라고. 괜찮아?"

나는 끄덕이며 땀으로 축축이 젖은 이마를 훔쳤다.

"아, 잠깐 쉬려고 했는데 나도 모르게 깜빡 잠들었나 봐."

이제야 슬슬 정신이 돌아왔다. 머릿속에 잔상처럼 남은 찝찝함을 털어 내기 위해 고개를 세차게 휘저었다.

"휴, 요새 이런저런 일이 많아서 그런지 꿈자리 한번 사납네. 맞아, 근데 제이 네가 갑자기 꿈속에 나타나서 날 구해 줬어. 우연인가? 진짜 신기하다."

제이는 눈을 굴리며 손가락으로 머리카락을 빙글빙글 꼬았다.

"흠……."

"뭐야, 그 표정은?"

제이는 이리저리 시선을 피하더니 갑자기 딴소리를 꺼

냈다.

"흡혈귀들이 저마다 남다른 재능을 가지고 있는 건 알지?"

"응? 그게 지금 무슨 상관이야?"

흡혈귀들의 재능에 대해선 물론 아주 잘 알고 있다. 리더 누나의 최면 능력, 엔과 케이 형제의 뛰어난 청력과 후각, 미나의 힘. 오직 제이만이 자신의 능력을 털어놓지 않았었는데.

마침내 제이가 주저하면서 고백했다.

"나는 다른 존재의 꿈속으로 들어갈 수 있어. 그게 바로 내 능력이야."

"뭐라고? 그럼 아까 날 구해 준 건 꿈이 아니라······."

"맞아. 네 꿈속에 들어간 진짜 나지."

제이는 책상에서 내려와 볼을 부풀리며 침대 가장자리에 털썩 걸터앉았다.

"사실 꼭 필요할 때가 아니면 능력을 잘 안 쓰는 편인데······. 아무리 흔들어도 네가 도무지 깨어나질 않아서 어쩔 수 없었어. 상당히 괴로워 보였거든."

제이의 말투는 어쩐지 변명하려는 것처럼 들렸다. 나는 조심스럽게 물었다.

"잘은 몰라도 내가 고마워해야 할 상황 같은데? 혹시 무슨 문제라도 있어?"

잠시 고민하던 제이가 결국 짤막한 한숨과 함께 털어놓았다.

"꿈은 무의식의 영역이잖아. 꿈의 주인이 가장 숨기고 싶어 하는 강렬한 마음이 언제 어디서 튀어나올지 모르는 공간. 그러니까 남의 깊숙한 무의식에 멋대로 침범한다는 게 썩 내키지는 않아."

날것의 감정을 있는 그대로 마주하는 건 쉽지 않은 일이라고 제이는 설명했다.

"물론 상대방이 기분 나빠하는 경우도 많고."

아, 난 또 뭐라고. 나는 어깨를 한껏 크게 으쓱였다.

"글쎄, 다른 사람은 몰라도 난 언제든 환영이야. 아까도 네가 아니었으면……. 휴!"

나는 엄지로 목을 쓱 그으며 켁, 하는 시늉을 해 보였다. 제이는 그제야 안심한 듯 표정을 풀었다.

"넌 특별히 언제든지 내 꿈속에 찾아와도 돼. 마음껏, 질릴 때까지!"

"이런. 그건 내 쪽에서 사양할게."

마침내 평소대로 돌아온 제이가 장난스럽게 킥킥거렸다.

나는 얼른 침대에서 빠져나와 잠옷 위에 대충 손에 잡히는
후드티를 껴입었다. 제이가 손을 내밀었다.

"자, 가자. 사실 오늘은 긴급 사태랄까, 좀 특별한 상황
이 벌어졌거든."

나는 서늘한 제이의 손을 살며시 마주 잡았다.

"긴급 사태?"

제이가 눈을 굴렸다.

"설명하기 복잡해. 직접 보는 게 낫겠어."

탐정 클럽의 과거

우리는 서둘러 아지트로 향했다. 책꽂이 뒤에 숨겨진 비밀의 문, 일렁이는 조명과 초상화로 가득한 복도를 지나 아지트에서 우리를 기다리고 있던 것은······.

"헉!"

나는 두 손으로 입을 틀어막았다. 노랗고 하얀 솜털이 부숭부숭한 아기 고양이 한 마리가 미나의 손바닥 위에 쌔근쌔근 잠들어 있었다. 한입 크기 부리토처럼 손수건에 둘둘싸인 채로. 미나는 고양이가 깰까 봐 조심스레 목소리를 낮춰 속삭였다.

"정말 작지?"

나는 믿을 수 없다는 듯 흡혈귀들과 노랗고 하얀 털 뭉치를 번갈아 보았다.

"설마 이 콩알만 한 고양이가 바로 긴급 사태?"

제이는 어깨를 으쓱였다.

"말도 마. 정말 긴박했어. 다들 난리가 났다니까? 케이가 골목길 쓰레기봉투 틈에서 혼자 비를 맞고 있는 이 녀석을 발견하고 데려왔거든."

리더 누나가 한시름 놨다는 듯 고개를 절레절레 저으며 덧붙였다.

"조금만 늦었어도 아마 저체온증으로 죽었을지도 몰라. 제때 발견해서 다행이지."

"어, 그러고 보니 케이랑 엔 형은 어디 있어요?"

"근처 편의점에 얘가 먹을 걸 좀 사러 갔어."

순간 아기 고양이가 꿈틀거렸다. 아기 고양이는 손톱보다 작은 입을 쫙 열더니 쩝쩝거렸다. 호랑이도 제 말 하면 온다고 했던가, 곧 흡혈귀 형제가 흰 봉투 안에 무언가를 바리바리 싸든 채 아지트의 문을 박차고 들어왔다.

"많이 기다렸지!"

엔 형이 가쁜 숨을 몰아쉬며 말했다. 급히 뛰어온 듯했다. 나를 발견한 케이는 조금 훌쩍이면서 내 품에 와락 달려들었다.

"태현이 형아!"

"케이."

나는 케이의 부드러운 머리카락을 쓰다듬으며 마구 헝클어트렸다.

"네가 이 아기 고양이를 데려왔다며?"

"응, 그냥 두면 안 될 것 같아서. 일단은 털 뭉치라고 부르기로 했어."

미나에게서 털 뭉치를 조심스레 받아든 엔 형은 봉투에서 고양이용 캔을 꺼냈다. 수저로 으깨서 조금씩 털 뭉치의 입가에 대어 주니 곧 작은 혀를 내밀고 싹싹 핥아먹기 시작했다.

털 뭉치는 멀쩡한데도 케이는 여전히 코를 훌쩍였다. 케이가 웅얼거렸다.

"사실, 옆에 엄마처럼 보이는 큰 고양이도 있었는데……."

케이가 말끝을 흐리며 내 허리를 꽉 껴안았다. 미나가 안타깝다는 듯 속삭였다.

"발견했을 때는 이미 늦었대. 아마 무슨 사고라도 당한 모양이야."

순간 아침에 교문 앞에서 웅성거리던 아이들이 번개처럼

머릿속을 스치고 지나갔다. 그 애들이 둘러싸고 있던 것, 은유와의 약속도. 나는 파랗게 질린 얼굴로 말했다.

"아니, 아무래도 사고가 아닌 것 같아."

"그게 무슨 소리야?"

다들 영문을 모르겠다는 눈초리로 나를 쳐다봤다.

"사실은, 오늘 아침에⋯⋯."

내가 전부 털어놓자 흡혈귀들은 충격을 받은 듯했다. 특히 엔 형은 원래도 얼굴색이 좋은 편은 아니었지만 지금은 평소보다 훨씬 심란해 보였다. 내 품에 안긴 케이의 몸이 살짝 떨렸다.

엔 형이 신경질적으로 내뱉었다.

"또 이런 일이 벌어지다니!"

"네? 또라뇨?"

리더 누나가 미간을 꾹꾹 눌렀다.

"예전에도 비슷한 사건이 있었거든. 길거리의 고양이들이 공격당하자 한 괴물 사냥꾼이 찾아왔어. 마구잡이로 도시를 들쑤시고 다니면서 흡혈귀들에게 누명을 씌웠지."

나는 리더 누나의 말을 끊고 물었다.

"잠깐. 괴물 사냥꾼은 뭔가요? 처음 듣는데요?"

제이가 굳은 얼굴로 대신 설명했다.

"평범한 인간이지만 대대로 괴물을 사냥해 온 헌터들이 있어. 인간과 괴물은 절대로 함께할 수 없다고 믿는 사람들이지."

미나가 옆에서 어깨를 으쓱했다.

"그 사람들이 혼혈인 날 보면 뭐라고 할지 정말 궁금하다니까."

엔 형은 이를 으득 갈았다.

"그때 범인으로 몰렸던 게 바로 케이랑 나야."

"네에?"

으슥한 골목길 벽에 엔을 메다꽂은 괴물 사냥꾼이 사납게 내뱉었다.

"이 영악한 흡혈귀 놈들! 시간 낭비하지 말고 빨리 네 놈들 짓이라고 자백해! 굶주린 나머지 사람 대신 만만한 고양이를 공격한 거지?"

엔은 뒤통수를 부딪힌 충격에 잠시 신음했다. 옆에 주저앉은 케이가 비명을 내질렀다.

"형!"

"케이, 너라도 도망가!"

"아니, 아무도 못 가!"

괴물 사냥꾼이 으르렁거렸다. 엔은 뒤통수에서 느껴지는 아픔을 꾹 참고 괴물 사냥꾼의 검푸른 눈동자를 노려봤다.

"젠장, 몇 번이고 말했잖아! 나랑 동생은 아무도 해치지 않았어!"

"그 말을 나보고 믿으라고?"

괴물 사냥꾼이 비아냥거렸다.

"너흰 날 때부터 괴물인데? 그거 아냐? 흡혈귀들이 거울에 비치지 않는 이유. 너희 같은 괴물은 자신을 스스로 돌아볼 수 없어서 그래. 한번 괴물로 태어났으면 평생 괴물로 사는 거야. 누구도 네놈들 본질을 못 바꿔."

바로 그 순간.

"과연 그럴까?"

골목길 반대편에서 낯선 목소리가 들려왔다. 괴물 사냥꾼, 엔, 그리고 케이의 시선이 동시에 그

곳으로 쏠렸다. 곧 짙은 안개를
뚫고 누군가 모습을 드러냈다.
커다란 안경을 쓴 소녀였다.

"난 무엇으로 태어났느냐가
아니라 어떻게 살아가느냐가 더
중요하다고 생각해. 누군가의 본
질은 시작부터 결정되는 게 아니
라 살아가는 과정에서 만들어지
는 거니까."

소녀가 차분히 말했다.
괴물 사냥꾼이 엔의 가느
다란 목을 움켜쥐더니
소녀에게 물었다.

"넌 또 뭐야?"

소녀가 반짝이는 송곳니를 드러내며 한 치의 망설임도 없이 답했다.

"탐정."

"뭐라고?"

괴물 사냥꾼은 눈살을 찌푸렸다. 소녀가 집게손가락으로 엉켜 있는 셋을 척 가리켰다.

"그쪽의 두 흡혈귀는 이번 사건의 범인이 아니란 걸 내가 증명하지."

엔은 허공에 발이 조금 뜬 채로도 소녀의 머리 위로 내려앉는 달빛을 똑똑히 볼 수 있었다. 정말이지 눈부셨다. 어지럽고 몽롱하면서도 주변의 모든 것이 또렷하게 느껴졌다. 모든 수수께끼와 비밀들, 해답을 찾을 수 없던 질문들이 지금 이 순간 운명처럼 풀릴 것만 같았다.

"그때 리더가 진짜 범인을 찾고 우리의 누명을 풀어 줬어."

엔 형이 중얼거렸다. 고양이를 해치고 다녔던 범인은 놀랍도록 평범해 보이는 한 인간이었다고 한다. 놀랍도록 평범해 보이는⋯⋯. 나는 그 말을 잠시 머릿속에서 되새겼다. 목을 가다듬은 리더 누나가 말했다.

"그때 이후로 다시는 이런 일이 없도록 탐정 클럽을 만들어야겠다고 결심했거든. 그 뒤 미나랑 제이를 찾았고 둘이 합류해서 현재의 탐정 클럽이 된 거야."

"그런 일이 있었군요⋯⋯."

첫 만남에선 듣지 못했던 이야기였다. 그때 리더 누나가 꺼냈던 늑대인간 이야기가 떠올랐다. 테두리만 완성됐던 퍼즐이 드디어 전부 짜 맞춰졌다. 리더 누나도 같은 순간을 떠올리는 모양인지 덧붙였다.

"탐정 클럽 멤버도 아닌 너한테 자세한 사정을 설명해 줄 순 없었어. 하지만 이제 태현이 너도 이해하겠지. 흡혈귀 탐정 클럽이 어떻게, 왜 결성됐는지를."

나는 케이를 한층 더 꽉 껴안았다. 항상 씩씩하던 케이가 평소답지 않게 유달리 시무룩한 이유도 알 것만 같았다.

그런데 제이 역시 아까부터 말이 없었다. 빨갛게 자국이 남을 정도로 깨문 입술을 보면 깊은 생각에 푹 잠긴 듯했다. 혹시, 제이도 엔 형과 케이가 겪었던 일과 비슷한 일을 겪었을까? 그래서 어떤 괴물보다도 인간이 무섭다고 했던 걸까? 그러면 왜 평범한 인간인 나에게 곁을 내어 주는 걸까…….

"어쨌거나 과거는 이미 지나간 시간이야. 우리한텐 앞으로 해결해야만 하는 사건이 있잖아."

리더 누나의 또렷한 목소리에 퍼뜩 정신이 들었다. 미나가 푸우, 하고 볼을 부풀리며 아주 중요한 사실을 우리에게 일깨워 주었다.

"그것도 두 개나 말이지."

모두의 시선이 마침내 만족스러운 식사를 마치고 엔 형의 손안에서 곤히 잠든 털 뭉치에게 닿았다.

두 개의 사건

다음 날. 나는 여전히 반쯤은 잠든 상태로 다리를 질질 끌며 침대를 벗어났다.

재킷을 걸치던 엄마가 아침을 먹는 둥 마는 둥 하는 나를 힐끗 쳐다봤다.

"또 게임 하느라 밤새웠니? 한동안 게임은 끊은 줄 알았는데."

나는 대충 그렇다고 했다. 사실을 설명하기가 더 복잡했기 때문이다. 어젯밤은 갑자기 몰아친 두 가지 사건 때문에 정신이 없었다. 일단 만월시에서 길고양이가 공격당하는 사건이 계속된다는 걸 확인됐고, 교장 선생님이 의뢰한 소원을 이뤄 주는 채팅방 사건도 조사해야만 했다.

털 뭉치는 돌봐 줄 가족을 찾을 때까지 탐정 클럽 아지트에서 임시 보호하기로 해서 나와 제이는 밤새 아기 고양이를 돌보랴 인터넷을 헤집으며 수상한 채팅방을 조사하랴 바빴다. 손가락 관절이 뻐근할 때까지 키보드를 두드린 보람도 없이 인터넷에는 뜬소문과 헛소리만 가득했다. 제이는 충혈된 눈을 문지르며 말했다.

"내가 말했지? 소원을 빌 때는……."

"그래, 알았다. 다 내 입이 방정이지. 이제 진짜 말조심할게."

나는 삐약거리며 울어 대는 털 뭉치를 어르고 달래고 재우면서 말했다. 그제야 제이가 너털웃음을 지었다.

나머지 흡혈귀들은 바로 뛰쳐나가 습격당한 고양이들의 흔적을 쫓았으나 그쪽도 별다른 수확이 없기는 마찬가지였다. 케이가 털 뭉치를 발견했던 사건 현장에 남은 희미한 냄새를 추적했지만 이미 빗줄기에 대부분이 씻겨 내려간 상태라고 했다. 혹시 몰라 예전에 리더 누나가 잡았던 범인도 조사해 봤지만 이미 이 도시를 떠난 지 오래였다.

흐릿한 정신을 뚫고 엄마의 목소리가 들려 왔다.

"학원 숙제는 다 하고 게임 한 거야?"

"……으음. 네, 그, 앞으로 할 거예요."

엄마는 한소리를 더 하려다가 손목에 찬 시계를 보곤 황급히 현관문을 열었다. 그리고 나가기 전 마지막으로 이쪽을 돌아보며 말했다.

"참, 오늘은 우산 꼭 가져가라."

알았다고 대답하는 순간 문이 닫혔다. 아빠는 엄마보다 일찍 출근했으므로 집에는 나만 덩그러니 남았다. 텔레비전에서는 오늘도 내내 비가 올 거라는 일기예보가 흘러나오고 있었다. 나는 남은 토스트 조각을 구겨 한입에 말아 넣고 천천히 씹었다.

'으아, 지각이다!'

졸면서 꾸물거리다가 결국 이렇게 됐다. 여기저기 파인 물웅덩이를 피해 후다닥 교문 안쪽으로 뛰어들었는데, 텅 빈 운동장 저편에 누군가 우산도 쓰지 않은 채 화단 앞에 쭈그리고 있는 모습이 보였다. 곱슬머리와 뿌연 하늘 아래서도 푸르게 빛나는 나비 머리핀, 은유였다.

나는 허겁지겁 달려가 은유에게 우산을 씌워 주었다.

"은유야! 비 다 맞으면서 여기서 뭐 해?"

은유는 눈을 꼭 감고 두 손을 모은 채였다. 은유가 미동

도 하지 않고 가만히 대답했다.

"명복을 빌고 있었어."

자세히 보니 화단에는 흙더미가 조금 솟아 있었고 그 위에 세워 둔 은유의 우산이 빗줄기를 막아 주고 있었다.

"어제 아침에 교문 앞에서 발견됐던 그 고양이. 결국 버텨 내지 못했대. 보건 선생님이 교장 선생님 허락을 받아 여기다 묻어 줬고."

"그럴 수가……."

나는 얼른 은유 옆에 함께 주저앉아 함께 눈을 감았다. 은유가 조용히 한숨을 내쉬었다.

"물론 잘 알던 고양이도 아니었지만, 어떤 생명이든 이렇게 헛되게 끝나는 모습을 보면 마음에 구멍이 뚫린 것 같아."

하얀 입김이 허공에 피어올랐다가 사라졌다. 우리는 그러고 한참 말없이 조용히 있었다. 수업 종이 울리고 나서도. 은유는 마침내 마지막 인사를 다 한 듯 자리를 툭툭 털며 일어섰다.

"이제 가자."

나는 얼른 후드를 벗어 은유의 어깨 위에 씌워 주었다. 그리고 어젯밤 탐정 클럽이 새롭게 맞이한 아기 고양이 이야기를 넌지시 전했다. 길고양이 습격 사건을 조사하기 시작했다는 소식도. 은유가 후드를 끌어당겨 몸을 감싸며 물었다.

"소원을 이뤄 주는 채팅방은? 뭐 좀 찾았어?"

이번엔 내가 한숨을 푹 내쉴 차례였다.

"아니. 밤새 인터넷 커뮤니티를 뒤져 봤는데 쓸모 있는 정보가 없더라. 교장 선생님은 그 소문이 우리 학교를 중심으로 퍼졌다고 했으니까 내가 직접 학생들을 캐 보려고."

은유는 가만히 고개를 끄덕였다.

"좋은 생각이야."

바로 그 시각. 노란 우비를 입은 아이의 떨리는 손가락이 휴대폰 화면 위에서 움직였다.

나

이렇게 된다는 얘기는 없었잖아!!

너 때문에 죄 없는 고양이들이……

채팅방에 '입력 중입니다'라는 문구가 나타났다.

낯선 상대

그게 왜 나 때문이지?

난 너의 소원을 이뤄 줬을 뿐인걸.

우비를 입은 아이는 울음을 터트리면서 휴대폰을 확 집어던졌다. 모서리가 땅에 부딪치며 화면이 깨졌다. 금이 간 액정이 빛나면서 새로운 메시지 알림이 떴다.

소원 채팅방   지금

낯선 상대 : 여울아, 넌 정말 만족할 줄을 모르는 아이구나. 사랑하는 러키가 기껏 다시 살아 돌아왔는데, 불평만 늘어놓다니.

밀어서 보기

하나의 진실

나는 은유에게 말한 대로 탐문 조사를 시작했다. 소문이 괜히 퍼지지는 않았을 터. 어쩌면 우리 학교 학생 중 채팅방에 들어가 본 아이가 있을지도 모른다.

'우선은 반 친구들부터 캐 보자.'

"저기 얘들아, 혹시 너희들도 소원을 이뤄 주는 채팅방에 대해 들어 본 적 있어?"

애들은 당연한 걸 묻냐는 눈초리로 나를 훑어봤다.

"물론이지, 요새 엄청나게 유행하는 소문이잖아."

"어, 소원을 세 개나 이뤄 준다니. 만약 진짜 그 채팅방에 들어갈 수 있으면 난 일단 첫 번째 소원으로 소원 백 개를 더 들어 달라고 할래."

"그건 반칙 아냐?"

"나는 공부 안 해도 백 점 맞게 해 달라고 빌어야지!"

"난 새로 나온 스위치 게임기가 갖고 싶어."

"야, 게임기 하나가 뭐냐? 이왕이면 마트 장난감 코너 전체를 다 가지고 싶다고 해야지."

"난 제발 다음 주에 나가는 콩쿠르에서 우승하게 해 달라고 할래. 너무 긴장돼서 벌써 떨려."

"난 우리 엄마 아빠가 잠깐만 사라졌으면 좋겠어. 둘 다 잔소리가 너무 심해."

그러곤 묻지도 않은 자신들의 바람까지 신나서 와글와글 떠들어 대기 시작했다. 별로 새롭지도 않은 얘기였다.

혹시 다 괜한 걱정이 아니었을까? 교장 선생님의 걱정과 달리 소문은 헛소문일 뿐이고, 사실 불행 포식자와 전혀 관련이 없을지도 모른다.

내가 초조하게 입술을 잘근잘근 씹어 대자 몇몇이 고개를 갸웃거렸다.

"근데 태현아, 저번엔 이런 시시한 얘기에 관심 없다고 하지 않았어?"

"맞아, 그런 거 다 가짜라고 직접 증명해 보이겠다고 큰 소리도 쳐 놓고."

"아, 하하, 그, 사실, 학원 숙제인데, 음, 인터넷을 통해 퍼지는 가짜 뉴스? 뭐 그런 사회 현상을 조사하고 있어서……."

어설픈 변명을 둘러대는 순간 뒤에서 짜증을 불러 일으키는 익숙한 목소리가 들려왔다.

"거짓말, 그딴 숙제가 어디 있어?"

아오. 나는 눈을 질끈 감았다. 변우진, 또 너냐?

"네가 무슨 상관인데?"

퉁명스럽게 되묻자 변우진은 삐딱하게 고개를 꺾었다.
완벽하게 불량해 보이는 자세였다. 변우진이 낮게 중얼거
렸다.

"수상한걸."

"뭐가?"

"너 말이야. 요즘 축구 시합도 빠지고, 네 집처럼 드나들
던 피시방에도 안 가고, 수업만 끝나면 어디론가 훌쩍 사라

져 버리질 않나. 대체 뭘 하고 다니는 거야?"

"하긴 뭘 해. 너나 잘해."

더 상대하기도 귀찮아서 고개를 돌렸지만, 변우진은 내 어깨를 홱 잡아챘다. 변우진이 캐묻듯 말했다.

"솔직히 말해, 너 그날 밤 무슨 일 있었지?"

"그날?"

"우리랑 내기를 한 날."

나는 순간 당황했다. 그래, 그날을 어떻게 잊겠는가? 제이와 만나고, 거울 세계 실종 사건을 해결하고, 결국 흡혈귀 탐정 클럽의 유일한 인간 멤버가 되기까지, 모든 일의 시작이었는데. 나는 표정을 가다듬고 태연하게 둘러댔다.

"무슨 소리야? 아무 일도 없었거든. 네가 겁쟁이라고 실컷 비웃었던 거 까먹었어?"

변우진이 미간을 좁혔다.

"아니, 그때는 그냥 넘어갔지만……. 아무리 생각해도 이상해. 분명 뭔가가 있었어. 그때 이후로 완전히 딴사람이 됐잖아. 갑자기 음침한 곱슬머리랑은 또 왜 어울려?"

음침한 곱슬머리는 아마 은유를 일컫는 듯했다. 은유의 기분이 상했을까 봐 얼른 주변을 살펴봤으나 다행히 교실엔 없었다. 나는 어깨를 붙잡은 팔을 확 쳐 내고 분명히 말했다.

"입조심해. 은유에 대해 함부로 말하지 마."

변우진이 '어쭈?' 하는 듯한 표정으로 나를 내려다봤다. 심상치 않은 분위기를 눈치챈 애들이 구름같이 우르르 몰려들었다.

"야, 싸움 났나 봐."

"누가? 누구랑?"

"빨리 선생님 불러와."

심지어 다른 반에서 온 애들조차도 복도 주변에 동그랗게 모여들기 시작했다.

"왜 싸웠대?"

"몰라, 무슨 소원 채팅방이 어쩌고……."

웅성거림이 물결처럼 퍼졌다. 바로 그 순간.

"저기, 너네 혹시 소원을 이뤄 주는 채팅방 때문에 싸우는 거야?"

우물쭈물하는 목소리가 학생들의 웅성거림을 뚫고 복도에 울렸다. 학생들은 바다가 두 쪽으로 갈라지듯 양옆으로 비켜섰다. 그 사이로 한 남자애가 쭈뼛거리며 나타났다.

"나랑 잠깐 얘기 좀 할 수 있을까?"

나와 그 아이는 애들을 뚫고 운동장 한편으로 빠져나왔다. 비는 그쳤지만 여전히 공기는 축축했다. 그래도 찬바람을 쐬니 머리가 좀 식는 것 같았다. 나는 자판기에서 오렌지 주스를 뽑아 그 아이에게 건넸다.

자신을 1반 학생이라고 소개한 그 아이는 머뭇거리며 주스 캔을 받아들더니 하고 싶은 말을 털어놓았다.

"저, 우리 반에 어떤 애가 있어. 평소엔 되게 조용한 애거든. 다른 애들이랑 말도 잘 안 하고. 항상 혼자 다니고……. 근데 며칠 전 방과 후 보충 수업이 끝나고 소원 채팅방에 대한 이야기가 나온 거야. 우리끼리 한참 떠들고 있었는데 그 애가 갑자기 끼어들어서 몇 번이나 묻더라고. 그게 정말이냐고. 어떻게 하면 거기 들어갈 수 있냐면서."

"그래서?"

"당연히 모른다고 했지. 우리도 정말 모르니까. 근데 깜짝 놀랐어. 그 애가 다른 애들한테 말을 건 건 처음이라."

1반 아이는 짧게 말을 끊었다가 다시 이어 나갔다.

"그런데 갑자기 그날 이후로 학교에 안 나오더라고. 조용하긴 해도 성실한 애라서 한 번도 그런 적이 없었는데."

"뭐? 정말?"

1반 아이는 심각하게 고개를 끄덕였다.

"처음에는 말도 안 된다고 생각했지만 점점 걱정됐어. 그 채팅방 초대 링크는 정말 간절한 사람한테만 간다고 했잖아. 그때 여울이는 정말 간절해 보였거든. 혹시나, 만약에, 걔가 진짜 그 채팅방에 들어갔다면……. 걔한테 무슨 일이라도 생긴 거 아닐까?"

순간 정신이 번쩍 들었다. 여울? 여울이? 그 이름을 어디서 봤더라, 어딘가에서……. 아! 나는 황급히 은유가 돌려준 후드 주머니를 뒤졌다.

안쪽에서 분실물 센터에 가져다주려다 까맣게 잊어버린 카드 지갑이 나왔다. 나는 도서 대출증을 꺼내 1반 아이에게 보여 줬다.

"혹시 이 여울이가 맞아?"

"어, 맞는데, 네가 왜 여울이 도서 대출증을 갖고 있어?"

뒷말은 이미 들리지 않았다. 머릿속에서 퍼즐이 휙휙 짜맞춰졌다. 비 오는 날 노란 우비를 뒤집어쓰고 교문 앞에서 새파랗게 질려 있던 여울이의 모습이 떠올랐다.

이상할 정도로 유난히 겁에 질린 것 같았던 그 표정. 혹시 소원 채팅방에 들어간 여울이가 길고양이 습격 사건과 관련이 있는 게 아닐까? 그렇다면 이건 서로 다른 두 개의 사건이 아닐 수도 있다!

그리고 그 중심에 있는 건……. 나는 치미는 불길함을 꾹 삼키며 도서 대출증을 들여다봤다.

퍼즐과 실마리

그날 밤 우리는 알려 줄 소식이 있다는 은유의 말대로 지혜의 집에서 모였다. 나는 학교에서 알게 된 사실을 탐정 클럽 멤버들에게 숨도 쉬지 않고 전부 쏟아 냈다. 다들 입을 떡 벌리고 머리를 부여잡았다. 리더 누나가 관자놀이를 두드리며 천천히 상황을 정리했다.

"그러니까, 정리하자면 이런 거지?"

첫째, 여울이라는 아이가 소원 채팅방에 관심을 보인 뒤로 학교에 나오지 않는다.

둘째, 며칠 전부터 갑자기 길고양이들이 습격당하기 시작했다.

셋째, 그 광경을 보고 충격받은 여울이의 모습이 목격됐다.

"교장 선생님 생각이 맞았어요! 소원 채팅방엔 뭔가가 있다니까요. 그것도 길고양이 습격 사건이랑 엮인 뭔가가!"

내 말에 엔 형이 고개를 까딱였다.

"글쎄, 지금 단계에서 꼭 그렇게 단정할 수는 없을 것 같은데. 뭘 근거로?"

"어……. 제 감이 그렇게 외치고 있어요."

형이 코웃음을 쳤다.

"감이라고?"

리더 누나가 심술궂게 빈정거리는 엔 형을 막아섰다.

"진정해, 엔. 의외로 직감은 논리적인 사고만큼이나 중요해. 특히 탐정의 감은 말이야."

나는 급하게 숨을 가다듬으며 덧붙였다.

"그렇죠? 일단 급하게 여울이를 찾아보려고 했는데, 전혀 소식이 닿지 않더라고요. 원래 연락하던 친구도 없던 모양이고, 학교엔 나오지도 않고."

"흐음."

턱을 매만지던 엔 형이 다시 물었다.

"여울이라는 애가 고양이 습격 사건의 범인일 가능성

은?"

"그건……."

내가 망설이자 미나가 대신 나섰다.

"아니, 자기가 저지른 짓에 대해 충격을 받았을 리가 없지."

미나가 붉은 머리카락을 배배 꼬면서 말했다.

"이건 어때? 여울이가 소원 채팅방에 어떤 소원을 빌었는데, 그것 때문에 고양이들이 공격당하기 시작했다면?"

"좋은 추리야."

딱, 하고 손가락을 튕긴 리더 누나가 고개를 끄덕였다.

"불행 포식자는 불행을 더 널리 퍼트리기 위해 인간들을 가장 나쁜 결말로 이끈다고 했잖아. 의도하지 않았지만 소원이 예상치 못했던 방향으로 뒤틀려 버렸을지도 몰라."

다들 다시 턱을 손에 괴거나 팔짱을 끼고 곰곰이 생각에 빠졌다. 한참을 고민하던 케이가 마침내 물었다.

"대체 어떤 소원을 빌었을까?"

바로 그게 모든 수수께끼의 핵심이었다. 다들 조용히 생각에 잠겨 있는데 제이가 입을 열었다.

"어떤 소원이든 분명 간절했을 거야. 간절하지 않은 소원은 없으니까."

제이는 드물게 화가 나 보였다. 테이블 위 꽉 그러쥔 주먹에 힘이 들어갔다.

　"남의 절실한 마음을 이용하다니, 절대로 용서 못 해."

　제이의 주먹이 부들부들 떨렸다. 이렇게 화를 내는 제이는 처음 봐서 내심 놀란 사이, 은유와 할머니가 들어왔다. 늘 검은 고양이로 변신해 있는 할머니 입에는 털 뭉치가 목덜미를 물린 채 대롱대롱 매달려 있었다.

　털 뭉치는 크게 하품을 했다. 할머니는 털 뭉치를 내려놓고 혀로 싹싹 핥아 주었다.

"애는 누가 데려갈지 정했니?"

"아뇨, 아직은요. 일단 저희가 임시로 보호하고 있어요."

미나가 대답했다.

"흠, 그럼 우리 지혜의 집 막내 조수로 데려와도 좋을 것 같은데."

"할머니, 그건 나중에 생각해요. 지금 당장은 습격 사건이 더 문제니까요."

"그래, 그렇지."

은유의 말에 할머니가 한숨을 내쉬었다. 고양이가 한숨을 쉬는 건 처음 봤다. 은유가 목을 가다듬었다.

"······그래서, 우리 마녀들도 가만히 놀고 있지는 않았거든. 할머니는 고양이들과 말이 통하니까 직접 길고양이들한테 물어봤는데, 고양이들끼리도 각자 무리와 파벌이 있어서 쉬쉬하며 쉽게 정보를 알려 주지 않더라고. 눈치도 엄청 빨라선 이미 할머니가 마녀인 걸 눈치채고 경계를 쉽게 풀지 않았어. 단! 오늘 자정, 만월시에서 직접 온갖 구역의 길고양이들이 모이는 '길고양이 집회'가 열린다는 소식은 알아냈지. 습격 사건에 대한 대책을 마련하기 위해서 말이야."

"와, 정말?"

은유는 고개를 끄덕이곤 벽시계로 눈길을 돌렸다.

"자정까지 한 시간 반 정도 남았네. 고양이로 변신해 그 집회에 참여한다면 습격 사건의 범인에 대한 실마리를 얻을지도 몰라. 그곳에 있었던 길고양이들의 증언을 들을 수 있을 테니까."

리더 누나가 기세를 몰아 외쳤다.

"좋아, 그럼 여울이의 소원과 채팅방에 대해 알아낼 수도 있겠군!"

리더 누나는 아무렇지도 않게 말했지만 나는 두 귀를 의심할 수밖에 없었다. 내가 방금 뭘 잘못 들었나?

"잠깐, 고양이로 변신한다고?"

은유가 당연하다는 듯이 어깨를 으쓱였다.

"그래, 길고양이들이 사람을 경계하는데 떡하니 사람 모습으로 찾아갈 수 없잖아."

나는 은유와 할머니를 번갈아 쳐다봤다.

"그럼 할머니가 무슨 변신…… 마법 같은 걸 가르쳐 주시는 건가요?"

할머니는 껄껄 웃었다.

"마법은 그렇게 하루아침에 뚝딱 배울 수 있는 게 아니란다. 대신 평범한 사람들을 위한 몇 가지 아이템이 있지."

은유는 재빨리 사다리를 타고 올라가 선반을 열고 무언
가 뒤적이더니 곧 유리병을 하나 들고 내려왔다.

"이건 마녀 공방에서 만든 변신 사탕이야."

은유는 유리병을 뒤집어 손바닥에 마지막 남은
사탕 한 알을 탈탈 털어 냈다.

"입안에 넣고 녹여 먹으면서 '이런 모습이
되고 싶다'고 떠올리면 상상한 대로 변
신할 수 있어. 안타깝게도 지금은
딱 하나밖에 안 남았네. 어쩔
수 없지, 나름 귀한 거거든."

"우아, 이걸 먹으면 진짜 생
각한 대로 변신할 수 있는 거
야? 뭐든지 다 돼?"

미나가 사탕을 내게 건네 주
며 말했다.

"그럼. 단, 효력이 지속되는
시간은 사람마다 다르다는 게
약간의 문제랄까……. 마법이
풀리면 저절로 다시 돌아오니
까 그 점만 주의해."

나는 고개를 끄덕이며 사탕을 주머니에 잘 챙겨 넣었다. 이를 지켜보던 제이가 끼어들었다.

"이번엔 내가 할게. 태현이는 저번에도 혼자 위험을 무릅썼잖아."

은유가 단호하게 고개를 저었다.

"아니, 흡혈귀들은 박쥐로 변신할 수 있잖아. 태현이가 사탕을 먹고 나머지 멤버들은 박쥐로 변해서 함께 가는 게 나아. 같은 동물들끼리는 말도 통하고, 쥐는 고양이한테 위협이 되지 않을 테니까 적어도 경계하진 않겠지."

케이가 조금 퉁명스럽게 외쳤다.

"마녀 누나! 쥐가 아니라 박쥐란 말이야. 확실히 구분해 줘. 이 둘엔 분명한 차이가 있다고."

"앗, 실수."

은유는 어깨를 으쓱였다. 미나는 깔깔거리며 웃었다. 그리고 기운차게 주먹을 꽉 쥐었다.

"좋아, 그럼 가 볼까? 할머니, 그 길고양이 집회가 열린다는 장소가 어딘가요?"

"그건 모른단다."

"예?"

우린 눈을 동그랗게 뜨고 할머니를 쳐다봤다. 할머니는

꼬리를 탁탁 테이블 위에 내리쳤다.

"나름대로 보안이 철저해서 집회가 열리는 장소는 매번 바뀌는 모양이야. 그리고 자신들끼리만 아는 암호로 주고받더구나. 내가 알아낸 건 그 암호뿐이란다."

엔 형은 어깨를 으쓱하며 말했다.

"뭐, 그거라도 알아내서 다행이네요."

나머지 흡혈귀들도 고개를 끄덕였다.

"암호 풀기는 우리 전문이니까요."

나 혼자 멍하니 물었다.

"그랬나요? 언제부터?"

"지금부터."

리더 누나가 대답했다.

"우린 탐정이잖아. 수수께끼가 있다면 풀어 내야지."

털 뭉치가 대답이라도 하듯 늘어지게 하품을 했다.

"그래서 그 암호가 뭔데요?"

미나가 의욕이 넘치는 말투로 할머니에게 물었다.

"은유야, 색연필과 종이를 가져오렴."

색연필과 종이를 가져온 은유가 무언가를 쓱쓱 썼다.

은유와 할머니는 우리가 집중할 수 있도록 털 뭉치를 데리고 자리를 비워 줬다.

A B C D E
1 2 3 4 5

으, 영어랑 숫자라니. 내가 제일 약한 두 가지잖아. 나는 어리둥절했다.

"이게 대체 뭘까요?"

케이도 알쏭달쏭한 듯 머리를 긁적였다. 잠시 생각하던 미나가 손뼉을 짝 쳤다.

"맞아, 예전에 고양이들은 색을 잘 구분하지 못한다는 얘기를 들은 적이 있어."

"뭐, 정말?"

"응. 대신 노란색과 파란색만은 뚜렷하게 알아볼 수 있대."

리더 누나가 탄성을 질렀다.

"그럼 노란색과 파란색 글씨만 읽으면 되겠군!"

엔 형이 중얼거렸다.

"그렇다면…… A34, A-34? 이게 무슨 뜻이지?"

어쩐지 익숙한 번호였다. 순간 희미한 기억 속에서 어릴 때 엄마 손을 잡고 놀러 갔던 커다란 놀이터가 떠올랐다. 그 앞 전봇대에 붙은 스티커……

"아, 이건 전봇대 번호예요!"

"뭐, 전봇대?"

흡혈귀들이 눈을 동그랗게 뜨고 물었다.

"네, 길을 가다가 잘 보면 전봇대마다 표시가 있거든요. 알파벳-숫자, 이런 식으로요. 잘 모르는 곳에서 갑자기 경찰에 신고할 일이 있을 때 눈에 보이는 전봇대 번호를 불러 주기도 해요. 그럼 위치를 금방 찾을 수 있으니까요!"

"오호, 그건 몰랐어. 꽤 편리한 시스템이구나. 인간 사회도 제법인걸."

리더 누나가 주먹을 손바닥에 탁 쳤다.

"이제 우리는 A-34번 전봇대를 찾으면 되겠네!"

미나가 신나서 소리쳤다. 나는 고개를 저었다.

"아니, 내가 이미 알고 있어. 이건 초승달 놀이터 앞에 있는 전봇대야. 예전에는 사람들이 많이 찾아오는 꽤 큰 놀이터였는데 근처가 재개발 중이라 지금은 사람들이 찾지 않거든. 하지만 어릴 때 엄마랑 자주 놀러 가서 확실히 기억해."

"사람들 발걸음이 뜸해서 고양이들이 모이기도 딱 좋은 곳이겠군."

엔 형이 고개를 끄덕였다. 케이가 외쳤다.

"거기가 분명해!"

만세! 우린 서로 얼싸안고 빙빙 돌면서 환호성을 쏟아 냈다. 해냈다! 모두 힘을 합쳐서 이번 집회가 열리는 장소를 알아낸 것이다. 나는 괜히 들떠선 제이에게 슬쩍 속삭였다.

"내 생각에, 우린 꽤 좋은 팀 같아."

제이는 눈을 굴리며 장난스럽게 속삭였다.

"그걸 이제 알았어?"

길고양이 집회

나는 후드 주머니에 넣어 둔 바스락거리는 변신 사탕을 꺼냈다.

떨리는 손으로 투명한 포장지를 까서 입에 넣으니 인

공적인 딸기향을 더한 감기약 맛이 진하게 퍼졌다. 눈을 감고 고양이 이미지를 열심히 떠올리는 동안 사탕이 혀 위에서 스르르 녹아 사라졌다. 그러자 속이 메슥거리고 헛구역질이 튀어나왔다.

눈앞이 빙빙 돌더니 몸이 바닥으로 훅 꺼졌다. 땅이 가까워지고, 갑자기 모든 것이 평소보다 커 보였다. 비틀거리며 손을 들어 보니 부숭부숭한 털이 올라온 작은 앞발과 말랑한 발바닥이 보였다. 이럴 수가. 나는 몸을 부르르 털고, 기지개를 쭉 켰다.

어느새 박쥐로 변신한 흡혈귀들이 하늘에서 동그랗게 날 둘러싸고 내려다봤다. 케이가 탄성을 내뱉었다.

"와, 태현이 형! 진짜 고양이가 됐잖아? 멋지다."

리더 누나는 신기한 듯 내 얼굴 주변에서 이리저리 맴돌며 변신 사탕의 효과를 확인했다. 날개 끝에 달린 작은 손톱으로 내 입술을 쭉 들어 올려 이빨을 살펴보고, 빽빽한 털 사이를 헤집어 보기도 했다.

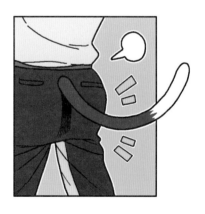

"정말 감쪽같군. 문제없이 길고양이 집회에 참석할 수 있겠어."

제이가 물었다.

"기분이 어때?"

"완전 이상해!"

정말이었다. 특히 네 발로 걷는 게 진짜 어색했다. 나는 까끌까끌한 혀를 빼물었다.

"윽, 아직도 혀에서 감기약 맛이 맴돌아."

나머지 흡혈귀들이 킥킥거렸다. 엔 형이 우릴 재촉했다.

"자, 마법의 효력이 떨어지기 전에 얼른 진실을 파헤치러 가 보자고."

초승달 놀이터에는 길고양이들이 가득했다.

수십 마리는 되는 것 같았다. 삼색 고양이, 털 뭉치처럼 노란 고양이, 검은색과 하얀색이 섞인 턱시도 고양이, 꼬질꼬질한 회색 고양이, 기다란 털이 뭉친 고양이, 줄무늬가 있는 고양이……. 이렇게 많은 고양이가 한자리에 있는 모습은 처음 봤다.

그중 철거되다 만 놀이터 구조물 중 제일 높은 곳에 우뚝 선 고양이가 소리를 높여 울었다. 아마도 대장인 모양이었다.

"여러분! 오늘도 이렇게 찾아 주셔서 감사합니다. 오늘은 여러분도 알다시피 요즘 우리 동지들이 무자비하게 공격받는 사태에 대해 대책을 마련하기 위해 모였습니다. 자정이 되면 집회를 시작할 테니 아직 오지 않은 동지들을 좀 더 기다려 주십시오."

나머지 고양이들이 이에 대답하듯 길게 울었다. 여기저기서 '야옹− 야옹−' 하고 우는 소리가 돌림노래처럼 울려 퍼졌다.

나도 좀 더 가까이 다가가려는 순간, 문지기처럼 보이는 덩치가 큰 고양이 두 마리가 우리를 막아섰다. 한 마리는 한쪽 눈이 없었고 대신 그 자리에 기다란 흉터가 나 있었다.

"거기, 너! 잠깐 기다려!"

나도 모르게 몸을 바짝 움츠렸다. 흉터 고양이가 험상궂은 얼굴로 물었다.

"넌 못 보던 얼굴인데. 여긴 어떻게 찾아왔지?"

"어, 어……. 그, 암호를 풀었는데요. 여기로 오라고 해서……."

털이 새하얀 나머지 한 마리가 앞발로 흉터 고양이를 턱 막아섰다.

"진정해, 다른 지역 출신인가 보지. 암호를 푼 고양이는 이곳에 올 자격이 있어. 어쨌든 자신이 살 방법을 찾기 위해 온 거잖아."

흉터 고양이는 흥 하고 콧방귀를 뀌었다.

"뭐, 그건 그렇지만. 딱 봐도 뭔가 수상해 보인단 말이야. 머리랑 등에 얹은 그 작은 털북숭이들은 뭐냐?"

털이 부숭부숭한 내 몸 위에 앉은 박쥐들이 움찔하는 기색이 느껴졌다.

"음, 제 친구들이요."

"친구……?"

흉터 고양이가 나머지 한쪽 눈을 가늘게 떴다.

"괜찮겠죠? 착한 친구들이라서 방해 안 하고 조용히 있을 거예요."

발바닥에 식은땀이 촉촉이 배어 나왔다. 어, 잠시만. 생각해 보면 고양이는 쥐를 잡잖아? 혹시 멤버들을 냅다 한입에 삼키려 들지는 않겠지……? 그때 우리를 자세히 살펴 본 흉터 고양이가 갑자기 날카로운 비명을 꽥 질렀다.

"쥐, 쥐다!!!!!!"

그러자 여기저기서 비명이 쏟아졌다.

"뭐야?"

"쥐라고?"

"쥐?"

"살려 줘!"

"싫어!"

"무서워!"

잔뜩 모여 있던 고양이들은 놀란 나머지 미친 듯이 날뛰기 시작했다. 비명을 지르고, 우당탕 뛰쳐나가고, 난리가 났다. 흡혈귀들도 당황해서 퍼덕거리며 날개를 펼치고 날아올랐다. 그러자 비명은 한층 더 커졌다.

"날개 달린 쥐다!"

"날개까지 달고 왔다고?"

엔 형이 황당하다는 듯 외쳤다.

"뭐야, 애들 왜 이래?"

케이가 새침하게 정정했다.

"그러게, 쥐가 아니라 박쥐인데!"

우리가 허둥대는 사이 대장 고양이가 먼저 정신을 차린 모양인지 우렁찬 외침이 들려왔다.

"조용!"

모두 정지 버튼을 누른 것처럼 우뚝 멈췄다. 조금 전의 소란이 무색하게도 나뭇잎이 휭 하고 흙을 쓸면서 지나가는 소리만이 고요히 밤공기를 갈랐다.

대장 고양이는 구조물에서 뛰어내렸다. 그리고 천천히 우리에게 다가왔다. 다른 길고양이들은 썰물처럼 물러나며 길을 터 주었다. 대장 고양이가 털을 부풀리고 하악거렸다. 나는 움찔하며 뒷걸음질을 쳤다.

대장 고양이는 말없이 노란 눈으로 우리를 번갈아 가며 날카롭게 노려봤다. 한동안 숨 막히는 침묵이 흘렀다. 마침내 대장 고양이가 판단을 내린 듯 다시 길고양이들을 향해 우렁차게 외쳤다.

"여러분! 걱정할 필요는 없습니다. 여기 이 풋내기가 데려온 날아다니는 쥐들은 박쥐입니다. 놀란 마음은 알겠지만 진정해 주세요."

술렁거림이 물결처럼 퍼지더니 그제야 여기저기서 안도의 한숨이 흘러나왔다. 대장 고양이는 다시 고개를 돌려 나를 내려다보더니 엄하게 물었다.

"넌 왜 하필 박쥐들을 여기 데리고 왔지?"

"어…… 제 친구들이라서요."

"이봐! 사실 우린 흡혈귀 탐정 클…… 읍!"

엔 형이 우리의 정체를 밝히려던 순간 리더 누나가 날개로 엔 형의 입을 틀어막았다. 리더 누나가 내 귓가에 대고 속삭였다.

"우리가 누군지 알면 더 경계할지도 몰라. 태현아, 일단 계속 얘기를 나눠 봐."

나는 고개를 끄덕이고 한껏 수그렸던 몸을 일으켜 대장 고양이와 눈을 마주쳤다.

"놀라게 했다면 죄송합니다. 설마 고양이들이 쥐를 무서워할 줄은 몰랐어요. 음, 보통은 반대니까요……. 저흰 요즘 거리에서 길고양이들을 습격하는 범인이 누구인지 알고 싶어서 찾아왔을 뿐이에요."

그러자 우리를 둘러싼 수많은 고양이가 수군거리기 시작했다. 대장 고양이의 표정이 심각하게 굳었다.

"넌 아직 그걸 본 적이 없나 보군?"

"네? 그게 뭔가요?"

내가 약간 맹하니 되묻자 대장 고양이는 입에 담기도 두려운 듯 갈라진 목소리로 속삭였다.

"그건 괴물이야."

괴물의 정체

"괴물이라고요?"

순식간에 여기저기서 목격담이 쏟아져 나왔다.

"그래, 그건 분명…… 쥐였지만, 아주 커다랬어."

"집채만 했어."

"눈이 새빨갛게 빛났지."

"이빨도 아주 날카로웠어."

"울음소리도 소름 끼쳤어."

"흙냄새가 났어, 잔디 냄새, 곰팡내도."

"그건 괴물이야."

"괴물!"

"이 세상의 존재가 아니야."

"아니야!"

"절대로!"

"우리 동지들을 공격했지."

"아주 잔혹하게!"

"끔찍했어!"

다들 두려움에 숨을 집어삼키는 소리가 간간이 들렸다. 나는 황급히 끼어들어 외쳤다.

"이 세상의 존재가 아니라뇨?"

그러자 나이가 많아 보이는 고양이 한 마리가 절뚝거리며 앞으로 나섰다.

"젊은이, 우리처럼 오래 산 고양이들은 흔히 영물이라고도 불리지. 그래서 이 세상의 것과 아닌 것을 구분할 줄 알아. 그리고 그건 분명 이 세상의 존재가 아니었다네. 아주 강렬한 죽음의 냄새가 났어. 그래, 마치 돌아오지 말아야 할 것이 돌아온 것처럼……."

뭐라고? 아니, 대체 여울이라는 애는 어떤 소원을 빈 거야? 나와 흡혈귀들의 당황스러워하는 눈동자가 허공에서 마주쳤다. 길고양이 떼가 다시 웅성거리기 시작했다. 대장 고양이가 다시 진정시키려던 순간. 케이가 새파랗게 질려

서 외쳤다.

"잠깐! 이게 무슨 냄새지?"

"뭐?"

"흙냄새……. 잔디 냄새……."

케이가 동그란 박쥐 코를 한껏 킁킁거렸다.

"썩은 곰팡이 냄새가 아주 가까이에서 느껴져."

다른 고양이들도 케이가 맡은 냄새를 느낀 모양인지 털을 곤두세웠다. 나는 한 박자 늦게 깨달았다. 흙냄새, 잔디 냄새, 곰팡내. 아까 어떤 고양이가 말했던 거잖아!

"그 녀석이다!"

"괴물이야!"

"어떻게 여기까지 알았지?"

"냄새를 맡고 온 거야!"

"살려 줘!"

고양이들은 순식간에 혼란에 빠져 우르르 공터를 빠져나가기 시작했다.

"여러분! 진정하십시오! 침착하게 대피해야 합니다!"

대장 고양이가 아무리 외쳐도 이번엔 소용이 없었다. 흙먼지가 뿌옇게 일었다. 그리고 무언가 아주 커다랗고 무거운 것이 땅을 밟는 소리가 들렸다. 쿵, 쿵. 밤공기를 가르며 고막을 찢을 것처럼 울려 퍼지는 소
름 끼치는 짐승의 울음소리도.

온몸에 소름이 돋았다. 제이가 꿈속에
들어와서 나를 구해 줬던 그날 밤의 악몽이 흐릿한 주마등
처럼 떠올랐다. 흐느끼던 노란 우비를 입은 아이, 그리고
형체를 알아볼 수 없던 괴물의 외침.

'……괴로워!'

내가 넋이 나간 사이 박쥐로 변신했던
흡혈귀들은 재빨리 원래의 모습으로 돌
아왔다. 리더 누나가 소리쳤다.

"이런, 아무래도 범인이 제 발로 나타나 주신 모양인데?
다들 조심해!"

제이가 재빨리 고양이 모습인 나를 안아 들자마자, 귀가
먹어 버릴 듯한 찢어지는 비명과 함께 거대한 그림자가 공
터를 뒤덮었다. 비에 젖은 흙냄새가 훅 풍겨왔다. 엔 형이
믿을 수 없다는 듯 중얼거렸다.

"맙소사……. 저게 대체 뭐야?"

그러게, 저게 대체 뭐야? 고양이
들이 두려움에 떤 이유를 알 수 있을
것만 같았다. 그래, 확실히 저건 '괴

물' 쥐라고 밖엔 얘기를 못 하겠는데. 쥐는 그야말로 집채만 했고 붉은 눈에선 섬뜩한 빛이 뿜어져 나왔다. 이빨은 무슨 맹수처럼 날카로운 데다 몸 군데군데 흙더미가 뭉친 채로 묻어 있었다. 마치 땅에 묻혔다가 다시 나온 것처럼…….

순간, 괴물 쥐가 우리를 향해 곧장 달려들었다.

나는 반사적으로 제이의 품에서 벗어나 뒤를 돌아 달리기 시작했다. 제이가 외쳤다.

"태현아!"

뒤에서 다른 흡혈귀들이 소리를 지르는 게 느껴졌지만 (태현이 형? 그쪽으로 가면 어떡해!) 내 다리는 멈출 줄을 몰랐다. 여기서 멈추면 다른 흡혈귀들이 위험해질 수도 있다.

"으아악!"

괴물 쥐는 몸집이 커다란데도 상상할 수 없을 정도로 빨랐다. 자기 속도에 못 이겨 철거되다 만 놀이터 구조물을 들이받는 바람에 철근과 콘크리트가 마치 두부처럼 부서져 내렸다. 하지만 금방 잔해물을 털어 내곤 곧장 내 뒤를 쫓았다.

"으악!"

쿵, 쿵, 괴물 쥐는 날 밟아 버리려는지 거대한 발을 들어 올렸다. 다행히 고양이가 되면서 몸이 꽤 날렵해진 모양

인지, 아직까진 어떻게든 이리저리 피하면서 버틸 수 있었는……데! 툭, 투둑. 이 와중에 한 방울씩 떨어지기 시작한 비가 곧 장대처럼 거세게 내리꽂히기 시작했다.

"헉!"

순식간에 축축하게 젖은 발바닥이 미끄
러졌다. 짧은 순간, 네 개의 발이 전부 허공에
붕 떴다. 몸 안쪽에서 심장이 훅 떠오르는 느낌이었다. 와,
난 여기서 이렇게 끝나는 건가. 이대로 한입에 잡아먹히는
거야? 나도 모르게 두 눈을 질끈 감은 순간.

"어딜!"

뒤에서 미나의 외침이 들렸다. 그리고 나는 땅바닥에 털
퍼덕 엎어졌다. 반사적으로 두 팔을 짚었지만 바닥에 고
이기 시작한 빗물이 온 얼굴에 튀었다. 어푸, 어, 잠깐. 두
팔? 나는 황급히 얼굴을 더듬었다.

'마법이 풀렸구나!'

동시에 미나가 괴물 쥐의 짤막한 꼬리를 잡아당겼다. 엎
어진 나에게 그대로 달려들려던 괴물 쥐가 미나의 힘에 이
끌려 우뚝 멈춰 섰다. 미나는 그대로 괴물 쥐를 끌어당겨
들어 올린 다음 냅다 던져 버렸다.

날카로운 비명과 함께 괴물 쥐는 남아 있던 놀
이터 구조물을 완전히 박살내며 주저앉았다.
미나는 자세를 바로잡고 손을 탁탁 털

었다.

"말했지, 내가 있는 이상 우리 멤버들은 못 건드린다고!"

빗줄기를 뚫고 황급히 달려온 흡혈귀들이 상황을 살폈다. 제이가 내게 손을 뻗어 일으켰다.

"괜찮아?"

"헉헉, 응, 미나 덕분에."

나는 가쁜 숨을 몰아쉬며 간신히 대답했다. 순간 리더 누나가 다급히 경고했다.

"아직 안 끝났어!"

괴물 쥐는 거친 울음을 토해 내며 다시 거대한 몸을 일으키고 있었다.

"좋아, 해 보자는 거지?"

미나가 이번에야말로 다 때려 부수겠다는 기세로 성큼성큼 괴물 쥐를 향해 걸어 나간 순간.

"안 돼!"

우리도, 괴물 쥐도 아닌 다른 아이의 목소리가 울려 퍼졌다. 그 자리에 있던 모두의 시선이 목소리가 들려온 쪽으로 향했다.

거기엔 노란 우비를 입은 여자아이가 눈물로 엉망이 된 얼굴로 서 있었다. 우비를 입은 여자아이…… 여울이가 울먹이며 외쳤다.

　"러키한테 손대지 마!"

잠시만 이별

괴물 쥐는 여울이를 보자마자 갑자기 괴로운 듯 몸부림 치기 시작했다.

장화를 신은 두 발이 찰박거리며 내달렸다. 여울이는 우리와 괴물 쥐 사이를 가로막더니 자기 몸집보다 훨씬 큰 괴물 쥐를 지키기라도 하려는 듯 두 팔을 척 벌렸다.

"제발! 러키한테 손대지 말아 줘."

여울이가 '러키'라고 부른 괴물 쥐는 중심을 못 잡고 비틀거리더니 결국 제자리에 천천히 쓰러졌다. 거대한 몸 때문에 바닥에 고였던 빗물이 사방으로 튀면서 작은 물보라를 일으켰다. 여울이는 아랑곳하지 않고 쓰러진 러키에게 달려가 그 무시무시한 얼굴을 꼭 껴안았다.

"러키야!"

러키는 그르륵, 꾸웅, 끄으응, 하면서 괴로운 소리를 자꾸 토해 냈다. 여울이가 괴물 쥐의 얼굴에 이마를 묻고 울먹였다.

"러키야, 미안, 정말 미안해……."

흡혈귀들과 나는 당황한 얼굴로 서로를 돌아봤다. 뜻밖의 상황에 어떻게 말을 꺼내야 할까 모두 망설이는 사이, 일단은 여울이와 같은 학교 학생인 내가 먼저 조심스레 다가가기로 했다.

"저기, 너 여울이 맞지? 1반의 강여울. 나도 월식초 학생이야. 난 4반의 김태현이라고 해."

여울이는 그제야 빗물과 눈물이 섞여 흘러내리는 얼굴을 들고 나를 쳐다봤다.

"우리 한 번 만났던 적 있지? 교문 앞에서. 그때 네가 이걸 흘리고 갔는데, 미처 못 전해 줬어. 미안해."

나는 후드 주머니에서 여울이의 도서 대출증이 든 카드 지갑을 꺼냈다. 그리고 천천히 다가가 여울이에게 카드 지갑을 건네 줬다. 여울이는 멍한 표정으로 카드 지갑을 받아 들었다.

"변명이라고 해도 어쩔 수 없지만, 그동안 사건을 조사하느라 이래저래 정신이 없었거든."

"사건……?"

"응, 나랑 여기 있는 내 친구들은 탐정이야."

여울이의 불안한 눈길이 흡혈귀들로 향했다가 다시 나에게로 돌아왔다. 엔 형이 뭐라고 말을 꺼내려고 했지만, 리더 누나가 조용히 팔을 들어 막았다. 미나도 불태우던 투지를 거두곤 '아이고' 하는 표정으로 가만히 팔짱을 꼈다.

"교장 선생님이 우리 탐정 클럽에 소원을 이뤄 주는 채팅방 사건을 의뢰해서 조사하고 있었어. 여울이 너도 들어 본 적 있지?"

그 말을 들은 여울이가 숨을 집어삼켰다.

"너희 반 친구가 걱정하더라고. 네가 그 채팅방에 관심을 보인 뒤로 학교에도 안 나오니까 걱정된다고."

여울이는 반사적으로 대답했다.

"아니, 난 친구 같은 거 없어."

"뭐?"

"러키가 내 유일한 친구야. 그랬는데……."

우린 여울이의 팔 안에서 떨고 있는 거대한 괴물 쥐를 쳐다봤다. 나는 조금 주저하며 물었다.

"여울아. 러키랑 너한테 무슨 일이 있었는지 말해 줄 수 있을까?"

여울이가 망설이는 게 느껴졌기에 얼른 덧붙였다.

"그럼 우리가 러키를 도와줄 수 있을지도 몰라."

빗물이 러키의 붉은 눈가를 타고 흘러내렸다. 마치 눈물처럼 보였다. 아니, 어쩌면 러키가 정말로 울고 있을지도 모르는 일이었다.

"정말……?"

여울이가 핼쑥한 얼굴로 물었다.

"정말 러키를 도와줄 수 있어?"

지금까지 가만히 상황을 지켜보던 리더 누나가 마침내 앞으로 나서며 말했다.

"그래, 단 솔직히 털어놔야 해. 어떻게 된 일인지 제대로 알아야 문제를 해결할 수 있으니까."

엔 형도 냉정하게 한 마디를 얹었다.

"그 전에 러키인지 뭔지 하는 네 친구가 동네 고양이들을 습격하고 다녔던 사실도 짚고 넘어가야지."

여울이가 마침내 참았던 울음을 터트렸다.

"러키는 잘못 없어요, 다 제 탓이에요."

여울이는 쭈뼛거리면서 사정을 털어놓았다. 자신은 워낙 소심한 성격 때문에 친구들과 잘 어울리지 못했다고.

"그러던 어느 날 아빠가 생일 선물로 러키를 데려왔어."

러키는 그야말로 선물이자 행운 같은 존재였다. 황금빛 털을 지닌 러키. 아무 말도 하지 않아도 내 마음을 전부 이해하는 것만 같은 러키. 여울이가 훌쩍이며 말을 이었다.

"저렇게 작은 몸으로도 때가 되면 열심히 먹이를 먹고 쳇

바퀴를 돌리는 러키를 보면 신기하게 더는 외롭지 않았어. 힘이 났어."

러키가 쳇바퀴를 돌리는 소리에 귀를 기울이다 스르륵 잠이 들면 더는 악몽을 꾸지 않았다고 했다.

"그런데, 러키의 세 번째 생일날, 평소처럼 아침에 일어나서 러키가 잘 있는지 보러 갔는데 러키가……."

움직이지 않았어. 가만히. 마치 잠든 것처럼. 여울이가 속삭였다.

"그리고 다시는 깨어나지 않았지."

여울이가 손에 얼굴을 와락 파묻으며 찢어지는 목소리로 외쳤다.

"러키는 이제 겨우 세 살인데! 왜 그렇게 떠나야만 해?"

흡혈귀들은 안타까운 표정으로 서로를 돌아보았다. 제이가 나지막이 중얼거렸다.

"……어쩔 수 없는 일이야. 모두에게 주어진 시간은 다 다르니까."

엔 형도 조금 냉정하게 들리는 말투로 말했다.

"그래도 3년이면 햄스터의 수명을 꽉 채워 살고 떠난 거야."

여울이가 흐느낌을 애써 참으며 말을 띄엄띄엄 이었다.

"아빠도 그렇게 말했어요. 하지만 제가 계속 우니까, 결국 화를 내더라고요. 새 걸 사 줄 테니까 그만 좀 하라고."

옆에서 미나가 분통을 터트렸다.

"새 걸 사 준다고? 무슨 말을 그렇게 해! 러키는 네 친구였는데?"

"맞아! 너무해!"

항상 순하던 케이도 화가 치미는 듯 씩씩거렸다.

"그 순간 깨달았어."

여울이가 이를 꽉 깨물며 중얼거렸다.

"누구도 러키를 대신할 수 없다고."

리더 누나가 조용히 물었다.

"때마침 그때 너한테 소원 채팅방 링크가 온 거니?"

"……그래요."

여울이는 텅 빈 눈으로 고개를 끄덕였다.

"러키를 다시 살려 달라고 빌었어요."

무거운 침묵이 내려앉았다. 빗줄기가 쏴아아 떨어지는 소리만이 귓가를 때렸다. 몸이 싸늘하게 식어 갔다. 나는 떨리는 목소리로 물었다.

"그랬더니 러키가 저런 모습으로 되돌아온 거야?"

"아냐! 처음에는, 정말로 내가 알던 러키였어. 그런데 밤이 지나면 자꾸 사라지더니…….”

러키는 다시 돌아온 뒤 밤만 되면 커다란 괴물의 모습으로 변해 거리를 맴돌았다고 했다. 갑자기 난폭하게 변해서 죄 없는 길거리 동물들을 공격하고 다녔다고.

“처음에는 작은 참새부터 시작하더니 점점 비둘기, 그리고 고양이까지 되는 대로 마구 습격하기 시작했어.”

다행인지 불행인지 여울이만 보면 예전의 기억이 되살아나기라도 하는 듯 괴로워하며 몸부림을 쳤다고 한다. 엔 형이 오싹한 사실을 일깨웠다.

“습격하는 대상이 점점 커지고 있었잖아. 아마 그냥 내버려 뒀으면 사람까지 공격했을지도 몰라.”

나는 소름이 쫙 돋아난 양 팔뚝을 황급히 문질렀다. 여울이는 코를 훌쩍 들이마시며 깨진 휴대폰 화면을 우리에게 보여 주었다. 소원 채팅방에서 ‘낯선 상대’가 던진 교묘하고 무서운 말들이 보였다.

그 자리에 있던 모두가 같은 단어를 떠올렸을 것이다. ‘불행 포식자’, 약한 사람들 앞에 나타나 그들을 가장 나쁜 결말로 이끈다는 존재.

리더 누나가 입술을 씹으며 꽉 맞물린 송곳니 사이로 말했다.

"교장 선생님은 아직 불행 포식자의 봉인이 완전히 풀리지 않았다고 했지? 그래서 직접 형체를 지니고 나타나지 못하는 걸 거야. 대신 이런 식으로 접근해서 사람들을 고통에 빠트리는구나."

"이런 나쁜 놈 같으니라고!"

나도 모르게 큰 목소리로 외치고 말았다. 너무 분했다. 약한 게 잘못도 아닌데, 누구나 강할 수 있는 건 아닌데.

순간 퍼뜩 머릿속을 스치고 지나가는 어떤 생각이 있었다. 맞아, 소문에 따르면 소원 채팅방은 무슨 소원이든지 세 개까지 이루어 준다고 했잖아!

"여울아! 아직 되돌릴 수 있어, 소원이 두 개 남았잖아."

케이와 미나도 고개를 끄덕였다.

"그래, 지금이라도 늦지 않았어. 어서 러키를 다시 돌려보내 달라고 해."

"하, 하지만!"

여울이가 더듬거렸다.

"하지만, 그럼 진짜로 러키랑 영원히 헤어지는 거잖아, 싫어."

리더 누나가 단호히 말했다.

"여울아, 잘 생각해 봐. 네가 정말로 러키를 소중히 여긴

다면 네 마음만 살펴선 안 돼."

"내 마음을 어떻게 아는데요!"

여울이가 우리의 눈을 피하며 악을 썼다.

"너희들이 내 마음을 어떻게 아는데! 아무것도 모르면서……."

"아니."

나지막한 목소리에 모두의 시선이 제이에게로 쏠렸다. 나는 깜짝 놀라서 한순간 숨 쉬는 것도 잊어버렸다. 제이의 저런 표정은 처음 봤기 때문이다.

"나도 알아. 겪어 봤으니까."

여울이는 제이를 멍하니 쳐다보며, 말문이 턱 막힌 듯 입술을 파르르 떨었다.

"너도?"

"그래."

제이는 눈을 지그시 감았다.

"가장 친한 친구와의 이별 말이야."

제이는 조금 괴로운 듯이 숨을 들이마셨지만 멈추지 않고 또박또박 말을 이었다.

"나도 처음에는 정말 견딜 수 없을 정도로 슬펐어. 한동안 아무것도 먹지도, 마시지도, 잠을 자지도 못했어. 잠이

들면 악몽을 꿨으니까."

나는 조금 충격을 받았다. 나에겐 한 번도 꺼내지 않은 얘기였다. 머리 위로 내리는 빗줄기가 점점 잦아들기 시작했다. 제이가 조금 슬픈 미소를 떠올리며 물었다.

"……하지만 곧 정신을 차렸어. 왜인지 알아?"

여울이는 천천히 고개를 저었다.

"만약 그 애가 그런 내 모습을 본다면 너무 슬퍼할 것 같아서."

제이의 조용한 목소리가 마음속으로 스며드는 것만 같았다.

"내 슬픔 같은 건 그 애가 느낄 슬픔에 비하면 아무것도 아니었지."

조용히 울리는 제이의 목소리에 물기가 조금 묻어났다. 러키가 여울이의 팔에 머리를 조금씩 비비면서 안타까운 한숨 소리를 냈다. 나는 차마 아무런 말도 꺼낼 수 없었다.

"이별은 누구에게나 찾아오는 거야. 하지만 그렇다고 계속 슬퍼할 필요는 없어. 왜냐하면……."

제이는 비에 섞여 뺨을 타고 흘러내리는 눈물을 아무렇지도 않게 쓱 닦아 냈다.

"세상에 영원한 건 없으니까. 이별조차도 영원하진 않아.

지금 헤어지더라도 언젠가, 아주 오랜 시간이 흐른 뒤에는 다시 웃으면서 만날 수 있을 거야."

이제 빗줄기가 완전히 멈췄다. 비는 멈췄지만 여울이의 눈에서는 굵은 눈물 방울이 하염없이 흘러내렸다. 리더 누나가 여울이의 어깨를 단단히 감싸 안았다. 그리고 주머니에서 손수건을 꺼내 건네며 말했다.

"이제 그만 보내 주자."

보내 준다는 말이 가슴에 박혔다. 아마 여울이에게도 그랬던 모양이다. 손수건을 받아 눈물을 닦아 낸 여울이는 힘없이 눈을 감은 러키의 머리를 쓰다듬었다. 러키의 눈이 살며시 접혔다. 언뜻, 러키가 웃은 듯한 기분이 들었다.

이를 가만히 지켜보던 제이가 한 가지 제안을 건넸다.

"마지막으로 러키와 얘기를 해 보지 않을래?"

여울이가 고개를 확 쳐들었다.

"뭐?"

"내가 도와줄 수 있어. 난 다른 존재의 꿈속으로 들어갈 수 있거든."

"맞아! 잠든 사이 제이의 손을 잡으면 꿈속에서 널 함께 데리고 갈 수도 있고!"

미나가 일부러 한층 더 활기차게 엄지를 척 들어 보였다.

"그래! 제이 형이 여울이 누나를 데리고 러키의 꿈속으로 들어가면 되겠다!"

케이도 정말 좋은 생각이라는 듯 외쳤다.

"그, 그게 정말이야……? 정말 그럴 수 있어?"

여울이의 축축한 눈동자에 반짝임이 스쳤다.

"물론이지."

고개를 끄덕인 제이가 여울이에게 손을 내밀었다.

"자, 러키에게 마지막 인사를 하러 가자."

잘 자, 좋은 꿈 꿔

제이와 여울이는 벤치에 나란히 앉아 손을 꽉 맞잡은 채 잠들었다.

우리는 그 곁을 지키고 있었다. 도망갔던 고양이들도 어느새 하나둘씩 천천히 모여들기 시작했다. 이제 사람으로 돌아왔기에 그 야옹거림을 전부 알아들을 수는 없었지만 고양이들도 밤거리에 찾아온 공포가 떠났다는 사실을 직감한 모양이었다.

대장 고양이와 시선이 마주쳤다. 나를 알아보는 느낌이었다. 내가 다 끝났다는 뜻으로 끄덕이자 고개를 조금 까딱이더니 몸을 돌리고 다른 고양이들에게 우렁차게 야옹거렸다.

삐딱하게 다리를 짚고 선 엔 형이 투덜거렸다.

"하여간, 인간들이란. 늘 사건을 몰고 다닌다니까. 소원이 아무런 대가도 없이 이루어질 리가 없잖아. 그런 뻔히 보이는 속임수에 넘어가다니."

리더 누나는 안경의 물기를 망토로 쓱쓱 닦으며 나지막이 말했다.

"그만큼 간절했던 거야. 소중한 친구와의 이별은 쉽게 받아들일 수 있는 일이 아니잖아."

다시 안경을 고쳐 쓴 리더 누나가 엔 형을 돌아봤다.

"나도 우리 멤버들, 너희들을 잃는다면, 뻔히 보이는 거짓말에 넘어갔을지도 몰라. 때론 알면서도 속고 싶은 거지."

그러자 엔 형은 갑자기 목에 무언가 턱 걸린 듯 주춤거렸다. 그러곤 들릴 듯 말 듯한 목소리로 중얼거렸다.

"난 절대 너를 두고 떠나지 않아."

그제야 리더 누나가 씨익 웃었다.

"그거 정말 고맙군."

그 둘을 멍하니 바라보고 있던 내게 케이가 살며시 다가와 소매를 잡았다.

"태현이 형, 괜찮아?"

"으, 응? 응."

나는 퍼뜩 정신을 차리며 대답했다. 하지만 케이는 고개를 갸웃거렸다.

"흠, 형한테서 괜찮지 않은 냄새가 나는데. 뭔가, 굉장히 혼란스럽고 슬퍼하는 냄새가 나."

"아…… 아무것도 아니야. 그냥 좀 놀랐을 뿐이야. 제이한테 그런 일이 있었다는 건 처음 들었거든. 난 우리가 친구라고 생각했는데 아직도 제이에 대해 모르는 사실이 너무 많으니까……."

나는 문득 제이의 스케치북에 있던 환자복을 입고 머리를 민 아이의 그림을 떠올렸다. 그 애가 바로 제이에게 세상에 영원한 건 없다는 사실을 알려 준 친구일까? 어느새 곁에 다가온 미나가 나를 다독이듯 내 어깨에 손을 얹었다.

"뭐, 너무 신경 쓰진 마. 제이는 원래 자기 얘긴 잘 안 하는 녀석이잖아."

나는 망설였지만 결국 묻고야 말았다.

"저, 사실, 예전에 제이의 스케치북에서 환자복을 입은 애 그림을 봤거든. 혹시 그 애가……?"

미나는 눈썹을 들어 올렸다가 다시 내렸다. 그리고 단호하게 대답했다.

"그건 제이한테 직접 듣는 게 낫겠어."

"여, 역시 그렇지. 미안, 괜한 걸 물어봐서."

미나와 케이는 잠시 서로를 돌아보더니 갑자기 내 어깨와 허리에 와락 달라붙어 꼭 껴안았다.

"우앗, 왜 그래?"

"태현아, 모든 일에는 시간이 필요해. 알지?"

미나가 장난스럽게 물었고, 나는 고개를 끄덕였다. 미나가 빙글거리며 미소를 지었다.

"형, 평범한 인간인 형이랑 흡혈귀인 우리에게 각자 주어진 시간은 다르지만……."

허리에 매달린 케이가 웅얼거렸고, 미나가 그 말을 받아 끝맺었다.

"그래도 지금은 함께야. 그 사실을 잊지 마."

둘은 나를 한층 더 세게 나를 끌어안았다. 특히 미나의 힘은 엄청나서 거의 몸이 터질 듯한 기분이 들었다.

순간 여울이가 잠꼬대를 했다.

"러키야……."

눈물 한 방울이 다시 여울이의 눈에서 주르륵 흘러내리고 있었다. 제이는 눈을 감고 잠든 채로 미동도 없었다.

"저 둘은 괜찮을까?"

혼잣말 같은 내 물음에 미나가 고개를 끄덕였다. 케이가
둘을 가리켰다.

"그럼. 봐, 웃고 있어."

정말이었다. 여울이는 울면서 웃고 있었다. 뭐랄까, 설
명하긴 어렵지만 평온을 되찾은 듯 결코 괴롭지는 않은 표
정이었다. 미나는 행여나 둘이 깨기라도 할까 봐 살며시 속
삭였다.

"좋은 꿈을 꾸고 있나 봐."

그런 둘의 머리 위로 어느새 반짝이는 무지개가 눈부신
새벽 햇살을 가르며 떠올랐다.

제이는 여울이의 손을 꼭 잡고 해바라기가 만발한 길을
걸었다. 그 길의 끝에 러키가 열심히 해바라기 씨앗을 까먹
고 있었다. 여울이는 러키의 까만 깨알 같은 눈과 마주치자
마자 제이의 손을 놓고 달려 나갔다.

"러키야!"

러키도 반갑게 여울이를 마주했다.

"여울아!"

놀란 여울이가 숨을 들이켰다.

"너, 너…… 방금 내 이름을 부른 거야? 말을 할 수 있어?"

"그럼. 여긴 꿈속이잖아. 무엇이든 할 수 있지."

러키가 옅은 분홍색 코를 찡긋거리며 말했다.

"예전부터 꼭 너랑 얘기해 보고 싶었어. 너한테 하고 싶은 말이 아주 많았거든."

여울이는 무릎을 꿇고 양손을 바닥에 내려놓았다. 그러자 러키가 그 위에 살며시 올라탔다. 여울이는 훌쩍이며 러키의 부드러운 털을 뺨에 살짝 비볐다.

"미안해, 러키야……. 내가 널 괴물로 만들어서. 난, 그냥, 너랑 한 번만 더 만나고 싶었어……."

러키는 작은 분홍색 앞발로 여울이의 뺨을 쓸었다.

"알지, 네가 날 얼마나 좋아했는지 난 다 알지. 얼마나 아꼈는지도."

그 말에 여울이가 복받치는 서러움을 못 참겠다는 듯 한층 더 큰 울음을 터트렸다. 러키의 털이 눈물로 축축하게 젖어 들기 시작했다. 하지만 러키는 아랑곳하지 않았다.

"여울아, 물론 지금은 슬플 거야. 나도 너랑 헤어지는 게 슬퍼. 넌 참 다정하고 사랑이 많은 친구였으니까."

러키가 작게 코를 킁, 했다.

"그러니까, 내가 없어도 앞으로 그 사랑을 이 세상에 많이 나눠 주면 좋겠어. 그러겠다고 나랑 약속해 줄래?"

"응……."

여울이가 눈물을 꾹 삼키며 자신의 콧잔등에 러키의 코를 마주 댔다.

"응, 약속할게, 꼭……!"

"헤헤, 고마워."

러키가 찍찍대며 웃었다. 하지만 이내 웃음기가 잦아들었다. 적당히 따스하고 기분 좋은 바람이 꽃밭 위로 불어왔다. 풀냄새와 비가 그친 뒤의 습기 어린 냄새가 풍겼다.

"더 많이 얘기할 수 있으면 좋을 텐데……. 아쉽지만 이제 가 봐야 할 시간이네."

"벌써? 어, 어디로?"

"저 무지개 다리 너머로."

어느새 해바라기 꽃밭 저 멀리 커다란 무지개 다리가 떠 있었다. 여울이가 붉어진 눈으로 훌쩍거리며 물었다.

"다시 만날 수 있을까?"

"물론이지, 그때는 내가 널 마중 나갈 거야."

한동안 러키를 가만히 바라보던 여울이는 마침내 무언가를 결심한 듯 한 발자국 앞으로 나섰다. 그리고 무지개 다리 끝에 러키를 내려 주었다. 무지개 다리에 올라탄 러키는 발발거리며 열심히 올라가다 마지막으로 뒤를 돌아보았다.

"여울아, 내 소중한 친구, 너를 만나서 행복했어. 난 널 절대로 잊지 않아!"

그리고 눈부시게 빛나는 구름 속으로 사라졌다. 목소리만이 남아서 해바라기 꽃밭 위로 울려 퍼졌다.

"약속이야!"

여울이는 푸른 하늘 속으로 서서히 사라지는 무지개 다리를 올려다보며 가슴에 손을 얹었다. 그리고 입속에서 다시 한번 되새기듯 말했다.

"약속이야."

제이는 그런 둘의 뒷모습을 조금은 서글프게, 그러나 따스하게 바라보고 있었다. 그리고 중얼거렸다.

"잘 자, 좋은 꿈 꿔."

에필로그

그날 여울이는 우리가 지켜보는 가운데 두 번째 소원으로 러키를 다시 돌려보내 달라고 빌었다. 그리고 마지막 세 번째 소원으로, 이 채팅방이 다시는 사람들 앞에 나타나지 않기를 빌었다. 더는 자신과 똑같은 실수를 하는 사람이 없도록 말이다.

알 수 없음

하하하, 그게 네 소원이라면.

하지만 이게 끝이라고 생각하진 마.

난 언제 어떤 모습으로든 너희들 앞에 다시 나타날 테니까.

[알 수 없음] 님이 채팅방을 나갔습니다.

다음 날에도 비가 조금씩 내렸다 그치더니 다시 무지개가 떠올랐다. 은유와 나는 창가에서 안타깝게 떠난 생명들이 저 무지개를 타고 편안한 곳을 찾아갈 수 있기를 바랐다.

세 가지 소원을 들어준다는 규칙은 진실이었던 모양인지, 그 뒤로 소원 채팅방이 나타나는 일은 없었다. 언제 그랬냐는 듯 소원을 이뤄 준다는 신기한 채팅방에 대한 소문도 싹 사라졌다.

교장 선생님은 아주 만족하면서 말했다.

"역시 탐정 클럽이구나. 너희들이라면 해낼 줄 알았어. 앞으로도 잘 부탁한다. 불행 포식자가 경고했듯이 그놈은 언제 또 어떤 모습으로 우리 앞에 나타날지 모르니까."

앞으로 어떻게 되든, 어쨌든 지금 당장은 탐정 클럽 아지트를 지켜 낼 수 있었으므로 다행인 일이었다.

아, 참. 좋은 소식 한 가지 더! 케이가 발견한 털 뭉치는 결국 여울이가 데려가기로 했다. 우연인지는 몰라도 러키와 똑 닮은 노란빛 털색에 마음이 약해진 데다 자기 때문에 털 뭉치가 엄마를 잃었다는 죄책감도 꽤 마음을 짓눌렀던 모양이다.

한시름을 놓으니 또 익숙한 느긋함이 물밀듯 찾아왔다.

나는 오늘 밤도 흡혈귀들과 함께 아지트에 둘러앉아 카드를 돌렸다. 미나가 내 패에서 카드 한 장을 쏙 뽑으며 물었다.

"그래서, 털 뭉치 이름은 지어 줬대?"

"아직 고민 중이래……. 앗!"

"아하, 태현이 형, 또 걸렸다!"

케이가 신나서 카드 패를 뒤집었다. 리더 누나와 엔 형이 함박웃음을 지었다.

"그러게 포커페이스를 좀 더 연습하고 오라니까."

하여간, 이 게임은 해도 해도 익숙해지지 않았다. 오늘도 역시 제일 빨리 밑천이 털린 나는 또 오도카니 제이 옆에 자리를 잡고 앉았다. 제이는 내가 다가오자 스케치북을 탁 덮었다.

"이제 그림은 안 그리는 거야?"

"응, 적어도 너는 안 그려. 생각해 보니 넌 평범하게 사진에 찍힌다는 걸 깨달았어."

우린 누가 먼저랄 것도 없이 킥킥거렸다.

하지만 이렇게 웃고 있을 때조차도 불쑥불쑥 온갖 의문이 가슴속에 떠오르곤 했다. 환자복을 입은 아이와, 제이가 말해 주지 않는 슬픈 일들에 대해.

'내가 나쁜 꿈을 꿨을 땐 제이가 꿈속에 나타나서 구해 줬는데. 그럼 제이가 악몽을 꿀 땐 누가 구해 주지?'

제이는 소원 채팅방 사건 이후 결코 그 얘기를 다시 꺼내지 않았다. 솔직히 나는 조금(아니, 사실은 많이) 궁금했으나, 굳이 묻지 않았다. 물어볼 용기가 없었다는 말이 더 정확할지도 모르겠다.

'언젠가 제이랑 나도 헤어지게 될까?'

언젠가는 그렇게 되겠지. 하지만 왠지 그 생각을 하는 것만으로도 조금 쓸쓸해져서 그만두기로 했다. 어쨌든 우리는 지금 함께이고, 탐정 클럽은 오늘도, 내일도 이 자리에 있을 테니까.

흡혈귀 탐정 클럽 ②

사건 파일 ❷ 소원을 이뤄 주는 채팅방

초판 1쇄 발행 2022년 10월 11일
초판 2쇄 발행 2025년 1월 31일

글 한주이
그림 고형주
펴낸이 최순영

어린이 문학1 팀장 박현숙 **편집** 정지혜
키즈 디자인 팀장 이수현 **디자인** 진예리

펴낸곳 ㈜위즈덤하우스 **출판등록** 2000년 5월 23일 제13-1071호
제조국 대한민국 **주소** 서울특별시 마포구 양화로 19 합정오피스빌딩 17층
전화 02) 2179-5600 **내용문의** 02) 2179-5781
홈페이지 www.wisdomhouse.co.kr **전자우편** kids@wisdomhouse.co.kr

ⓒ 한주이·고형주, 2022

ISBN 979-11-68124-39-4 74810 ISBN 979-11-68122-68-0 (세트)

@v.detectiveclub
세상의 모든 미스터리, 풀리지 않는 온갖 수수께끼를 기다립니다.